豪州米作の祖の妻

高須賀イチコの物語

久保田満里子

はじめに

まずスタインズ禧子さんに感謝の意を表したい。3年前、禧子さんから高須賀穣について書いてほしいと要望があったとき、私はあまり乗り気がしなかった。というのは、高須賀穣に関する本はたくさんあり、私がわざわざ書く必要はないだろうという気持ちが強かったからだ。しかし穣について調べていくうちに、なんと面白い人だろうと興味がわき、高須賀家について書きたいと執筆意欲がわいてきた。そして無名の高須賀穣の妻、イチコを主人公として物語を書くことに決めた。禧子さんの仲介で、高須賀穣のお孫さんである、マレー・ワッターズ（Murray Watters）さんとノーナ・ラットクリフ（Nona Ratcliffe）さん、そしてスワンヒルの元市長のビル・マー（Bill Maher）さんにお会いして、色々お話を聞けたことは幸運としかいいようがない。ベンディゴ在住のノーナさんには直接お会いした後も、分からないことがあると度々電話してお聞きした。またビルさんにもスワンヒルに関する資料を頂いた。禧子さんには高須賀が開墾したと言われる場所ナイア（Nyah）に連れて行ってもらったり、スワンヒルにある開拓者博物館の高須賀家の展示物も見せてもらうよう手配してもらい、お世話になった。スワンヒルには2度取材旅行にでかけたが、2回とも禧子さんの友人、イボン・ワード（Yvonne Ward）さんのお宅に泊めていただき歓待していただいた。また、開拓者博物館のロブ・ピルグリム（Rob Pilgrim）博士は、未公開の高須賀家の展示物を見せてくださっただけでなく、イチコの日誌をスキャンして送ってくださった。イチコの日記のスキャンは正規の仕事としては認められていない為、朝早く博物館に行って、就業前にスキャンしてくださったとのことで、感謝の念に堪えない。

イチコの手書きの日記の判読に苦労し、日記の本文は判読できるようになったのだが、時折日記に書き込まれている短歌は読めない部分が多く、ビクトリア日本クラブ主催の文化サロンの書道教室の元講師のロウ弘子さんにアドバイスを頂いた。

高須賀穣の生誕地、松山では、高須賀穣の父親、嘉平の弟の米五郎のお孫さんの、髙市章氏、千葉小枝子氏にもお話を聞くことができた。千葉氏には高須賀関係に関する愛媛新聞の切り抜きをたくさんいただいた。髙市氏には高須賀穣のお墓に連れて行っていただいた。また髙市氏は、松山市長との面会の予約をとりつけてくださったが、私の都合がつかず実現しなかった。髙市氏のせっかくのご厚意に沿えず、申し訳ない気持ちでいっぱいである。また髙市氏のご子息、髙市聡氏の作成された高須賀穣のウエブサイト（HTTP://JT1865.WPBLOG.JP/%E3%82）から自由に写真を掲載することもご快諾いただいた。また私の色々な質問にも電子メールを通してお答えいただき、ありがたかった。

高須賀嘉平が黒住教の信者だったと髙市氏から聞き、信者としての嘉平の記録を黒住教本部に問い合わせたところ、長恒彰浩氏から、詳しい調査結果を頂き、感謝である。

友人のスー・ギルバート（Sue Gilbert）さんには、ビクトリア州図書館にあるオーストラリアの昔の新聞の検索の仕方を教えてもらった。

メルボルン総領事館の外山久美子さんは、私の高須賀に関する質問にすぐに回答してくださり、資料も送ってくださった。

4本の弦を持つ長細い楽器をイチコが弾いていたというマリオの証言を読んだ後、どんな楽器のことを指しているのか理解しかねね、日本伝統音楽の専門家のフィリップ・フラビン博士に問い合わせ、琵琶のことだろうと教えていただいた。明治には琵琶が流行っていたとのことである。また明治にはやった歌なども教えていただいた。

メルボルンの博物館の上級学芸員のリザ・デールーハレットさんも忙しい仕事の合間を縫って、ウイリアムズタウンにある科学館に保管されている非公開の1917年に寄贈されたと言う高須賀米の見本と稲穂の海の写真の絵葉書を見せてくださった。

校正は、「日本とアメリカ　ハーフ・アンド・ハーフ」の著者のスペアーズ洋子さんにしていただいた。また友人の福島尚彦博士に、語彙に関してアドバイスを頂いた。英語の教科書の著者で友人の、ビビアン・ウインターさんに英文の校正をしていただいた。

表紙の装丁は、私のお気に入りのシドニー在住のグラフィックデザイナーの広川順子（よりこ）さんに依頼した。

様々な方々と高須賀穣を通して知り合い、また気持ちよくご協力していただけたことは、何物にも代えがたい貴重な体験だった。また友人達の惜しみない協力と励ましがありがたかったのは言うまでもない。

オーストラリア連邦メルボルンにて、

久保田満里子

Preface

First of all, I would like to express my gratitude to Ms Yoshiko Styne. Without Yoshiko's encouragement and assistance, this book would not have been produced.

Three years ago, when she first asked me to write about Jo Takasuka, I hesitated because I knew that numerous books about him were already available. However, after my initial investigation into his life, I found him to be a very interesting person and felt compelled to research the Takasuka family history in more detail. I decided to write the story from his wife Ichiko's point of view.

I was very fortunate that Yoshiko introduced me to Jo's grandchildren, Mr Murray Watters and Mrs Nona Ratcliffe. I interviewed Murray twice in Swan Hill. I met Nona only once in Bendigo, but I often phoned her when I had questions and she was always happy to provide me with further information.

Yoshiko also introduced me to Mr Bill Maher, former Mayor of Swan Hill, who knew the Takasuka family well. He kindly sent me relevant documents.

I made two trips to Swan Hill for research. On both occasions, Yoshiko's friend, Mrs Yvonne Ward, kindly offered me accommodation in Swan Hill and her hospitality was overwhelming. Yoshiko took me to Nyah where Jo struggled to grow rice. She also arranged to show me the display of the Takasuka family's possessions at the Pioneer Settlement Museum in Swan Hill. There I met Dr Rob Pilgrim, senior curator at the museum. He not only showed me the display, but also scanned Ichiko Takasuka's diary and sent it to me. I was extremely grateful when he told me that he was unable to scan the diary during work hours, so he went to work early in the morning to scan it for me.

I struggled to decipher Ichiko's handwritten tanka (short poems), so I sought advice from Ms Hiroko Rowe, a former brush writing teacher at the cultural club organised by the Japan Club of Victoria.

In Matsuyama where Jo was born, I met the grandchildren of Jo's uncle, Mr Akira Takaichi and Mrs Saeko Chiba. Mr Takaichi took me to Jo's graveyard in Matsuyama and Mrs Chiba gave me copies of newspaper clippings from *Ehime Shimbun* that referred to the Takasukas. Mr Takaichi also kindly arranged for me to meet with the Mayor of Matsuyama, but unfortunately I had to leave Matsuyama earlier than expected and was disappointed and sorry that I could not meet with him. I would also like to thank Mr Takaichi's son, Mr Satoshi Takaichi, for providing information and allowing me to use photos from his website (http://jt1865.

wpblog.jp/%e3%82).

I discovered that Jo's father, Kahei Takasuka, was a member of the religious group Kurozumi kyo. I contacted Kurozumi kyo headquarters to enquire about him and Mr Akihiro Nagatsune sent me the results of his investigation, which helped me to write this story.

My friend Ms Sue Gilbert taught me how to check early Australian newspapers using the Victorian State Library's website. With her help, I managed to find numerous articles relevant to Jo Takasuka's life in Australia.

Ms Kumiko Toyama at the Consulate-General of Japan, Melbourne, kindly sent me documents relating to Jo Takasuka and answered all my enquiries promptly.

I was puzzled by Mario's description of the musical instrument Ichiko played, so I contacted Dr Philip Flavin who is an expert on traditional Japanese music. He told me that it would have been a biwa, a traditional Japanese instrument that was very popular in the Meiji era. He also taught me popular songs from that time.

Ms Liza Dale-Hallett, a senior curator at Museum Victoria, took time from her busy schedule to show me a 100-year-old sample of rice grains produced by Jo Takasuka and the postcard that featured Jo’s rice paddock.

Ms Yoko Speirs, author of *Japan and America half and half,* proofread this book. I also received editing advice from my friend Dr Naohiko Fukushima. The English sections were proofread by my friend Ms Vivienne Winter, a writer of English textbooks.

The cover was designed by my favourite graphic designer, Ms Yoriko Hirokawa in Sydney.

Meeting with many people through this investigation was an invaluable experience for me, and my sincere thanks go to those who kindly assisted and encouraged me during the writing of this book.

Mariko Kubota, Melbourne, Australia

目次

第一章　結婚

1898年（明治31年）春のこと。ここ松山にある前島家の庭の桜の花が満開となり、春の日差しが温かく差す中で、前島家の長女イチコは自分の部屋で琵琶を奏でていた。翌日が琵琶の稽古日なので、練習に熱中していた。すると、「あのう、お嬢様」と言う声が縁側からしたので、イチコがその声のするほうに目をやると、女中のオサキがかしこまって座っていた。イチコは曲を奏でていた手を止めると、「何の用？」と聞いた。

「旦那様がお呼びでございます」とオサキは、縁側に座ったままつげた。

「そう。すぐに参りますと、お父様にお伝えして」と言うと、琵琶を片付けながら、イチコはため息をついた。

イチコは今年で23歳になる。いまでこそ、23歳はまだ結婚適齢期という範疇にはいるが、明治の初めのこの時代では、10代で結婚する女性が多く、行き遅れと呼ばれても仕方のない年頃になっている。だから、父からの話は大方見当がつく。また見合いの話かと思うと、気が重かった。東京にある渡辺裁縫学校（今の東京家政大学）に通ったイチコは、東京での自由な生活を楽しんだ経験があるので、そのあと次々と結婚した同級生から、姑とのいさかいや気難しい夫の話など、苦労話ばかり聞かされると、正直、結婚などしないで、今のままの生活を続けていきたいと思っている。しかし、明治の女にとっては、結婚か仕事かという選択肢はない。良き伴侶を見つけ、夫に従って生きることが女の幸せだと考えられていた。だから、結婚しないという選択肢は、イチコにはない。

琵琶を片付け縁側に出ると、遠く松山城が見えた。松山城の桜も満開になっていることだろうと思いながら、父の部屋に行くと、父の話は、案の定、見合いの話だった。

「今度、高須賀伊三郎と言う人との縁談話があった。これが彼の釣り書きだ」

父から渡された達筆で書かれた釣り書きには、次のように書かれていた。

「高須賀伊三郎（穣）

1865年2月13日愛媛県温泉郡藤原村（今の松山）生まれ」

イチコは自分の誕生日が1875年10月5日なので、自分とは10歳も年上の男かと思った。自分も晩婚の口になるが、この男も33歳まで独身だったと言うのは、かなりの晩婚になる。そう思いながら、次の行に目をおとすと、次のように書かれていた。

「1874─75年　東京、慶応補習学校で学ぶ

1883年　18歳で家督を継ぐ　愛媛師範に入学

1885年　師範学校卒業後、小学校教諭となる

1887年　小学校教諭を辞職

１８８９年　慶応大学予科で学ぶ
１８９２年　慶応大学経済学部に入学するがすぐに渡米
１８９３年　米国インディアナ州デポー（De Pauw）大学に留学
１８９５年　「伊三郎」を「穣」に改名
１８９６年　ペンシルバニア州ウエストミンスターカレッジ卒業、文学士号を取得
１８９７年　ヨーロッパ経由で日本に帰国
１８９８年　３月　立憲政友会代表として第５期衆議院総選挙（第二次伊藤内閣）で衆議院議員に当選

イチコは、華々しい穣の経歴を見て、感じたことをそのまま口に出した。

「33歳にもおなりになるのに、代議士になられる前は、勉強ばかりされていたみたいですね」

「うん。お前も23歳だから、最近は後妻の話しか来なかったが、高須賀さんはまだ一度も結婚したことがないということだ。それに高須賀家は元松山藩士で料理長の役を仰せつかっていた家柄だ。我が前島家にとっても不足ではない」と、松山地方裁判所の判事をしている父、前島道基は付け足した。道基は、この見合いに随分乗り気になっているのが、彼の弾んだ声からも察せられた。

イチコが釣り書きを読み終わったのを見はからって、道基は言った。

「どうだ。なかなか面白い経歴の男だろう。世界中を見て回っている。見識豊かな男だ」

「お父様はお会いになったことがあるのですか？」

「うん。実は自由党候補予選会に出席した時に初めてあったんだ。まあ、雪の降る寒い日だったにもかかわらず、700名が集まった中で、第一区の候補として選ばれてね。彼が『諸君に押されて候補者たり、今後誓って国家と自由党に尽くさん』と威勢の良いあいさつをしたので、満場の拍手がわいたよ。なかなか気骨のある男だと思ったが、聞いてみると、まだ独身だと言うんだ。見事衆議院議員にも当選したことだし、お前との縁談を進めてもらうことにしたんだよ」

イチコは、アメリカ、いやヨーロッパも見て回った代議士というのに、興味を持った。西洋では女性を大切にすると聞いていた。だから、この伊三郎という男も、案外女性を大切にする人かもしれない。そうすれば、友人たちから聞かされている嫁姑の悩みも半減されるかもしれない。そんな思いがイチコの胸をかすめた。

「見合いは、来週の日曜日だ。見合いに着ていく着物などは、お母さんと相談して決めなさい。私の話はそれだけだ」と言うなり、道基は話は終わったとばかりに、イチコに背を向けて机に向かい、机の上に山積みにされていた書類に目を通し始めた。イチコは黙ってお辞儀をして父の書斎を出ると、母親のいる居間に向かった。母親と、今度の見合いに着ていく着物を選ぶためである。

見合いは、イチコが父親から見合いの話を聞いた1週間後に、松山市にある高級料亭で行われた。イチコが見合いの時に着る着物として選んだのは、薄緑の下地に桜の花びらが散っている淡い感じの着物で、自分で仕立てたお気に入りの着物だった。面長で色も白く優しい感じの美人のイチコには、その着物が良く似合った。両親とともに料亭の女将に案内された部屋には、そのころまだ物珍しかった背広を着た穣と、穣の両親が待っていた。イチコはこれからの自分の人生を変えてしまうかもしれない男だと思うと、緊張して下を向いたままで、まともに穣の顔を見られなかった。穣との話は、主に道基がしてくれた。道基の快活な声が、イチコの頭上を通り抜けていく。

「穣君は、世界中を飛び回っておられるようですなあ。アメリカはどんなところでしたか？」

道基は、娘の見合いの場というよりは、穣に対する並々ならぬ好奇心を満たすために矢継ぎ早に質問をし、穣も道基に負けず劣らずの快活な声で、答えていった。

「日本は狭いと、つくづく思いましたね。アメリカは志があれば、なんでもできるような国です。日本もそんな国になればいいのですが」

「そうですか？私はせいぜい東京や大阪に行ったことがあるくらいで、外国には一度も行ったことがないんですよ」

「そうですか。是非一度旅行されるといいですよ」

「ところで、どうして代議士になられたんですか？」

「私は日本をアメリカ並みのデモクラシーの国にしたいと思い、板垣退助先生の志に共感を覚えて、立候補したんです。日本は色々な問題を抱えていますが、その問題解決に少しでも力になればと思っています。特に別子銅山の公害は憂慮すべき問題です。僕は何とか対処しなければいけないと思っています。それに義務教育を無料化すること、それに薬の値下げなど、貧しい人の助けになるようなことをしたいというのが、僕の目標とするところです」

　穣は政治の話になると俄然力がこもってきた。イチコにも彼が信念をもって代議士になったことがビンビン胸に伝わってきた。公害反対、義務教育の無料化、薬の値下げなんて、一般市民の望んでいることを、実現しようとする穣の気概にイチコは心を動かされた。

　イチコは、それまで下を向いていたが、穣の話が区切れたところで、ちらりと上目遣いに穣を見た。すると穣と目が合い、穣はにっこりとイチコに微笑みかけた。その穣の笑顔を見ると、イチコは幾分緊張がほぐれた。眉が太く八の字型になり、ちょび髭をはやした面長な穣は、イチコの目にはハンサムにな男にうつった。それにどことなく気品にあふれているように感じられた。

穣は、イチコと目が合ったのをきっかけに、イチコに向かって、聞いた。

「僕と結婚するとなると、東京に住むことになりますが、松山を離れるのは嫌ではありませんか？」

イチコはすぐに答えた。

「私も裁縫学校に通うため、東京に何年か住んだことがあります。東京は松山と違ってたいそうにぎやかな所で、私は東京が好きです。ですから、東京に住むことには全く抵抗がありません」

「それはよかった」と、穣の顔がほころんだ。

イチコは、長男である穣と結婚すれば、舅や姑と一緒に松山に住まなければいけないのではないかと心配していたのだが、東京に住むと聞いて、少し気が楽になった。

食事をしながらの見合いは、2時間で終わった。道基は、穣を気に入ったようで、帰り道では機嫌よく「あれは、たいした男だ。きっと大物になるぞ」と、イチコに言った。そばで聞いていたイチコの母は、「あなたが気に入られても、向こうから断られる可能性もあるんですから、余りイチコに期待を持たせるようなことは言わないでください」と、水を差すようなことを言った。イチコは、確かに穣は人を引き付ける魅力のある男だと感じ、穣から良い返事が来るようにと祈るような気持になっていた。

1週間後に、穣から連絡があった。イチコを是非もらいたいと言うことだった。それに、結婚式はできれば7月にあげたいと言ってきた。7月は、穣も松山に戻ってくるので、その際結婚式を挙げて、東京に連れて帰りたいというのだ。道基から、それを伝えられたとき、イチコは嬉しさで胸がいっぱいになった。あの方となら、きっと幸せな生活を送られる。そう思った。

挙式まで3か月しかなかったため、それからの前島家は、イチコの結婚の準備で多忙をきわめた。高須賀家からの結納の品が届いたときは、イチコは感無量であった。

イチコと結納を交わして1か月後、穣にとって予期せぬことが起こった。3月に衆議院議員に当選したばかりだというのに、5月に第二次伊藤博文内閣が崩壊し、衆議院が解散する事態が起こったのだ。そのため8月に第六回衆議院総選挙が行われることになった。選挙の布告が出されるとすぐに穣は選挙運動の準備のため、自分の選挙区の松山に戻って来た。穣が戻ってきたと聞いて、イチコは父親から未来の夫のために選挙運動を手伝うように言われ、高須賀家に毎日のように通う羽目になった。後援会の人たちへの炊き出し、選挙のビラ作りなど、やることは山のようにあった。その当時は選挙権を持つのは、25歳以上の国税15円以上納める男子に限られていた。その当時の15円と言うのは、小学校教師の初任給が月8－9円だっというから、小学校教師の初任給の2倍に相当することになる。その当時、それだけの国税を払えるのは、人口の1・13パーセントにすぎず、主に1・86町歩以上の土地を持つ大地主が有権者だった。だから、穣は不特定多数を対象とした街頭演説をするより、あちらこちらの会場を借りて演説会をしたり有権者を戸別訪問して、直接支持を得ることに専念した。その頃は今ほど選挙に関する規則はなく、有権者にわいろを贈るのも当たり前だった。そのため、穣は莫大なお金を選挙運動につぎ込んだ。

穣の掲げた政策目標は、「別子銅山反対、義務教育の無料化、薬の値下げ」など、一般市民の生活向上を訴えるものであった。別子銅山は愛媛県今治市にある銅山で、江戸時代から掘られている鉱山である。その頃は栃木県にある足尾銅山の公害が問題になり、衆議員の田中正造が、公害の被害者のために奮闘していた時期でもあった。現に別子銅山でも1893年に煙害が起こっていた。そのため、穣は銅山閉鎖を目標の一つとして、掲げていたのだ。穣は6月に大隈重信と板垣退助が結成した「憲政党」に加わった。穣は板垣の自由民権運動に陶酔していたのだ。板垣の政党に入っておけば、自分の目標が達成されると信じたからである。

選挙運動に巻き込まれたイチコにとって3か月はあっという間に過ぎ、婚礼の日になった。選挙運動真っただ中の婚礼である。その日は、7月に入って急に暑くなり、汗ばむほどの陽気であった。婚礼の客は、穣の選挙運動も反映して、県知事や市長、それに衆議院議員としての穣の後援会の面々など、政治関係の招待客が半数以上を占めていた。元松山藩主の久松の姿も見えた。そしてイチコの父親の関係で、松山の法曹界の名士の姿も見られた。松山在住の名士の面々が集まったと言える。

イチコは角隠しで、顔の半分しか見えなかったが、白装束の花嫁衣装に身を包んだイチコを見て、招待客は一様に「美しい花嫁さんじゃ」と褒めたたえた。今まで自分が注目の的になったことがなかったので、皆の注目を一身に浴びていると思うと気恥ずかしくて、三々九度の盃を飲むとき、手が震えた。そうしたイチコを見て、穣は満足げに始終笑みを絶やさなかった。穣もイチコの愛らしさに、惚れ直した感じであった。お酒が入った穣は、歌を歌いだし、皆が手拍子をとって、婚礼はもりあがり、招待客が帰ったときは、夜も更けていた。イチコは一日中緊張していたため、どっと疲れが出た。穣もお酒が入りすぎてすぐ寝てしまい、イチコも床にはいるとすぐに眠気に襲われた。翌朝目が覚めた時は、すでに外は明るく、イチコは「しまった!寝過ごした」と慌てて台所に行くと、そこにはすでに穣の母親のカツネが女中に手伝わせて朝ご飯の用意をしていた。小さくなって「寝坊をして申し訳ありません」とカツネに頭を下げると、「昨夜は疲れたでしょう。そんなに気にしなくてもいいんですよ」とカツネは優しくイチコをいたわるように言った。その言葉を聞いて、イチコはほっと安堵のため息をついた。

結婚後も穣はよく、選挙運動の後援会の人や、政治仲間を家に連れて来たので、イチコは、料理やお酒の支度で大わらわであった。穣は予告もなく突然客を連れてくることが多いので、いつもお酒は予備を用意しておく必要があった。そのため、選挙運動に使う費用は結婚費用をはるかに上回っていた。その膨大な選挙費用を賄うため、穣は、自分の持っていた土地をかなり手放すことになったが、理想に燃えていた穣は、余り気にしなかった。高須賀家は大地主だったのだ。

8月に第六回衆議院総選挙が行われた。その日は、朝から穣の選挙事務所には後援会の人たちがつめかけ、かたずをのんで、選挙結果を待った。イチコは、家で穣の帰りを待った。投票用紙は、人手を使って数えられるので、開票に時間がかかった。その夜遅く帰って来た穣の「今、帰ったぞ」と言う元気な声を聴いて、イチコは穣が当選したのだと直感した。慌てて玄関に出ると、穣は、「イチコ、やったぞ。当選した」と言うなり、どさっと玄関で座り込んだ。「疲れた。ともかく今日は寝させてくれ」と言うので、女中にすぐに布団を敷かせると、穣はふとんに倒れ込むようにして眠った。イチコは、穣の寝顔を見ながら、「良かったですね、旦那様」と、つぶやいていた。穣の衆議院議員当選は、イチコに大きな安堵をもたらした。夫の成功が嬉しいのは勿論だが、舅や姑との同居を続けなくても良いというのは、イチコの気を楽にさせた。穣の両親は、優しい人達で、イチコに小言一つ言うわけではなかったが、それでもイチコにとっては気を遣う存在で、少々気づまりだったのである。

第二章　東京へ

衆議院に当選した穣はイチコを連れて、東京に向かった。汽船で瀬戸内海を渡って大阪まで出て、大阪から汽車に乗った。イチコが汽車に乗るのは初めてではなかったが、穣は、イチコに冗談めかしに、「東京に汽車が通って間もないころ、汽車の中が余りにもぴかぴかなものだから、てっきり履物は脱いで乗るものだと勘違いして履物を脱いで乗車して、履物をホームに置き去りにした乗客も時折いたそうだよ」と面白そうにイチコに語った。イチコはホームに残された靴や下駄、そしてそれを慌てふためいて見ている乗客の光景を思い浮べて、思わず笑った。この旅で、初めて二人きりになれたイチコは嬉しくてたまらなかった。今までいつも誰かがそばにいて、二人きりになるときはほとんどなかったので、初めての夫婦水入らずの旅となった。

穣は旅行の間に、自分の生い立ちなどを話してくれた。

「僕は幼い時に母を亡くしてね。それからは姉も僕も今の母にずっと育てられたんだ。普通、継子なんて生さぬ仲だと言って、いじめられることが多いって聞くけど、僕は、育ての親に大切に育てられたんだ。東京で勉強したいと言った時もアメリカに行きたいと言った時も、頑張りなさいと言って、気持ちよく送り出してくれたのは、今の母だったんだ。お金に困ったときは、いつも母に送金してもらったんだ。だから、僕は母には頭が上がらないんだ」

イチコは、短い期間ではあるが、カツネと同居して、カツネの穣に対する心遣いを目の当たりにしたので、カツネが生母でなかったと聞かされて驚いた。そして、なんの苦労もなく、とんとん拍子に幸運な人生を送ったように見える穣にも、幼くして生母をなくしたという悲しい思い出があったのかと、イチコは思った。それに比べて、イチコは、両親とも健在で、弟と妹二人のいる家庭で育った。厳格な父は少々煙たい存在ではあったが、優しい母に育てられた自分が、いかに幸せ者であるかとあらためて思った。

名古屋駅では、窓を開けて、ホームで駅弁を売り歩いている男から弁当を買った。弁当を買った後、窓を開けっぱなしにしていたが、トンネルに入ったとたん、もうもうと煙が舞い込んできたので、穣は慌てて窓を閉めた。そのあと、二人はお互いの顔を見て、笑ってしまった。煤がついて鼻の先が黒くなってしまっていたのだ。

東京駅から人力車に乗り、穣が用意してくれていた新居に着いたのは、松山を出て翌日の朝であった。赤坂にあるその屋敷は見るからに立派であり、イチコを驚かせた。穣は、「ここは昔大名屋敷が建て並んでいたところで、本来なら僕のような庶民が住めるところではないのだが、久松さんが使っても良いとおっしゃってくださったので、借りている。久松さんの元の江戸屋敷なんだ」と、説明してくれた。久松はヨーロッパ旅行をしたとき、たまたまロンドンで穣に会い、松山人で英語の流ちょうな穣に対して多大な好意を寄せたようである。それは、二人の結婚式に参列してくれたことからも読み取れる。

穣は、東京に着くなり、新妻を残して朝早くから出かけ、会議に出席したり、陳情者に会ったりと忙しく、帰宅はいつも深夜だった。イチコは一人残されるので、寂しく思うことはあったが、母から「女の仕事はあくまでも家庭を守ること」と言い聞かされていたので、その不満を口にすることはなかった。退屈なときは、花嫁道具の一つとして母が持たせてくれた琵琶を取り出して弾いた。それに幸いなことにイチコが渡辺裁縫学校に通っていた頃のクラスメートが何人も東京にいたため、時折気晴らしに、その友人たちを呼んだり、友人の家に出かけたりして交流をもった。イチコは友人たちに夫のことを話すときには、誇らしい気持ちになった。衆議院議員を夫に持つ友人は他にいなかった。

憲政党は与党となり、党の結成者、大隈重信を首相、板垣退助を内務大臣とした新しい政権が発足した。それは、隈板内閣と呼ばれ、日本の歴史上初めての政党政権であった。穣は、これで自分が活躍できる場ができたと喜んだ。そんな穣を見ると、イチコは嬉しくて胸がいっぱいになった。

しかし隈板内閣はたった3か月しか持たず、解散してしまった。その原因を作ったのは、尾崎行雄であった。その当時文部大臣だった尾崎が8月21日に帝国教育会茶話会で次のような演説をしたのだ。

「世人はアメリカを拝金の本元のように思っているようですが、アメリカでは金があるために大統領になったものは一人もいません。歴代の大統領は貧乏人の方が多いくらいです。日本ではアメリカのように共和政治を行う気遣いはありませんが、仮に共和政治になったとしても、おそらく三井、三菱は、大統領の候補者となることでしょう。米国ではそんなことはできません」

尾崎は、三菱や三井などの財閥の力が強く、政治がお金で腐敗していることに対して痛烈な批判をしたのである。アメリカで教育を受けた穣としては、尾崎の言うことはもっともだと思った。現に別子銅山反対運動は住友財閥に立ち向かうことになり、思うように運動ははかどらなかった。しかし、尾崎を煙たがっていた政敵達は、共和政治に言及したのが天皇制廃止を示唆するものと曲解し、天皇に対する不敬として糾弾した。結局、尾崎の謝罪にも関わらず、明治天皇より不信任をもらい、尾崎は辞任した。穣としては話の分かる同志を失った気持ちになった。しかし、問題は、尾崎の辞任にとどまらなかった。尾崎の後任として、大隈は旧進歩党の犬飼毅を任命した。これに対して板垣退助など旧自由党だった三名の大臣達が反発をして、三人とも辞任する事態にまで発展していった。そのため、せっかくできた憲政党は分裂し、板垣率いる旧自由党は新たに「憲政党」を結成。それに対抗して、大隈は「憲政本党」を結成し、内部分裂のために隈板内閣は崩壊し、11月には隈板内閣は総辞職をした。そのあと11月5日には、明治天皇の大命を受けて、隈板内閣で陸軍大臣を務めていた山県有朋が、第二次山県有朋内閣を組閣した。1898年の1年間で、松方正義内閣、伊藤博文内閣、隈板内閣、そして山県有朋内閣と、政権の交代が目まぐるしかった。その中で、穣は公約に掲げた政策の実現のために奔走していた。

1899年、庭ではミンミンゼミがうるさく鳴き、暑さが一層感じられ、動かなくても汗がベターと体にまとわりついてくる8月の午後、着物を縫っていたイチコは、急に吐き気に襲われた。吐き気はしても、食べたものが出てこない。その朝食べたご飯と漬物とみそ汁、その前夜に食べた魚やかぼちゃの煮物など、色々考えたが、食あたりがするようなものを食べた覚えがなかった。

「もしかしたら、妊娠したのかしら？」

イチコは、長男の嫁の一番大切な仕事は、跡取りを生むことだということは、良く知っていた。遠くに住んでいるからめったに会わない舅や姑からも、まだ孫はできないのかと便りをもらうごとに書かれてあるのを重荷に感じていた。だから、もし子供ができたのなら、どんなに舅や姑が、いや何にもまして穣がどんなに喜ぶだろうかと思うと、じっとしていられなくなった。

「ともかく、お医者さんに診てもらわなくては」と、縫いかけの着物を片付けて、女中には「ちょっと出かけてくるから」とだけ声をかけて、医者に行った。もし妊娠していなかったら、余計な騒ぎを起こすだけのことになるので、それだけは避けたかったからだ。

医者は、イチコの脈を図ったり、熱をみたりして、

「どうやら、妊娠されたようです。おめでとうございます」と言ってくれた。

旦那様と私の子供が生まれる！男の子だろうか、女の子だろうか？男だったら、旦那様の喜びもひとしおではないだろうと、帰りの道は、イチコは自然と浮かぶ笑顔を抑えるのに一苦労した。

その晩、穣は珍しく早く家に帰って来た。玄関で穣を出迎えた後、イチコは、いつ話を切り出したらよいものかと話すタイミングを考えていた。穣は、着替えを済ませて、食卓に座った後、真向かいに座ったイチコの顔を見ながら、聞いた。

「今日は、何か嬉しい事でもあったようだな」

イチコは穣の勘の良さに、舌を巻いた。イチコのそわそわした様子に何か変わったことが起きたのではないかと、推測したようだ。

「ええ、とっても良いお知らせがありますのよ。私、子供を授かりました」

「えっ。本当か」と言うと、見る見るうちに穣の顔に笑顔が広がっていった。

「それは、めでたい。予定日はいつだ？」

「来年の2月だそうです」

「そうか、すぐに父上に知らせよう。きっと喜ばれことだろう」

その夜は、二人で生まれてくる子の名前を考えなければいけないとか、おしめや赤子の服を取りそろえなければいけないなどと話し合った。その晩は、イチコはどんな赤ちゃんが生まれてくるかと色々想像すると、興奮してなかなか寝つけなかった。その翌朝からイチコは、子供のおしめを縫ったり、産着を縫ったりして、母親になる楽しみに浸った。

イチコと穣が喜びに浸っている時、穣の選挙区の今治では悲劇が起こっていた。1899年8月に襲ってきた台風の集中豪雨のために、別子銅山の裸になった山の斜面が崩れ落ち、土砂が雨と一緒になって川のように流れだし、鉱山で働く人たちの社宅を一飲みにしたのだ。そのため、五百十二名の命が奪われると言う悲惨な事件であった。穣がこの知らせを受けたのは、イチコの妊娠を知ってから1週間後のことだった。穣はすぐに今治に行き、被害の跡を見て歩いた。土砂流に流された人や、家の下敷きになった人、家と一緒に土砂流に流された人など、死体を探し出すだけでも大仕事だった。穣は呆然としていた生き残った別子銅山の鉱夫たちを励まして回った。鉱山反対を公約に掲げていた穣は、公約実行の決意を新たにした。しかし別子銅山は先にも言ったように、住友財閥に所有されていて、尾崎行雄が指摘したように、財閥相手の反対運動は余り功を奏しなかった。銅山がなくなると仕事がなくなって食べていけなくなる人が大勢いて、鉱山閉鎖に反対したからである。

年は変わって１９００年になり、シンシンと雪が降る底冷えのする寒い2月15日の朝、イチコは丸々とした男の子を生んだ。その頃お産を実家でする女性が多かったが、イチコは東京にとどまって、お産をした。そのため、イチコの母親が手伝いに来てくれたので、イチコとしては心強かった。陣痛で苦しんでいる時、母親が手を握って「もう少しよ、頑張りなさい」とイチコの傍らで励ましてくれる声は、心細かったイチコには、ありがたかった。

穣は、赤ん坊がきれいに洗われて、おくるみにくるまれたところで、産婆さんに息子との面会を許された。すぐに赤ん坊を抱きあげた穣は、すやすや眠っている赤ん坊の顔を飽きずにずっと見ていた。そして、「私がパパだよ」と息子に話しかけた。「パパ」というのはイチコにとって初めて聞く呼び方だった。

「パパって、お父様のことですか？」と聞くと、

「そうだよ。アメリカの子供たちはね、お父さんのことをパパって呼ぶんだよ。お母さんはママと言うんだ」

「そうなんですか。それじゃあ、私はママになるわけですね」

「そうだよ、ママ。元気な男の子を生んでくれて、ありがとう」と穣は少し照れたように言

った。

「パパ、この子の名前は、もう決めましたの？」

イチコは、穣が、色々な男の子と女の子の名前を書いては消し、書いては消し、どんな名前にするのか迷っていたのを知っていた。

「うん。決めたよ。これだ」と言って、イチコに名前の書かれた紙を見せてくれた。そこには「昇」と書かれていた。

「のぼる、ですか。いい名前ですね」と言うと、生まれたばかりの赤ん坊に向かって「昇ちゃん、私がママよ」と呼びかけた。

イチコは昇が生まれてから1か月間、寝たきりの生活を強いられた。イチコの母親が「お産の後は一か月養生をしなければだめよ」と言って、何もさせてくれなかったからだ。イチコの母親が赤ん坊の世話から穣の世話まで一切見てくれた。もっとも穣の家には女中が一人いたので、実際には女中の佳代がほとんどの家事をこなしてくれたのだが。

もともと病気でないのに床付けにされていたイチコは一か月もすると退屈してしまい、床上げをする日を楽しみにしていた。しかし母親も松山に帰り、床上げをしたイチコを待っていたのは、戦争のような育児であった。昇は昼夜を問わず泣き出し、乳を要求するので、イチコは寝不足に悩まされた。それでも、昇の夜泣きは次第に減っていき、半年もすると、イチコも育児を楽しむ余裕ができた。

その頃、穣は伊藤博文が結成した「立憲政友会」の党員となった。その頃の政権にしては、珍しく山県内閣は１９００年10月19日まで続いたが、その後を受けたのは、９月に「立憲政友会」を結成したばかりの伊藤博文であった。

伊藤博文が首相の間、穣は英語力を買われて、豪州への視察団に加わって、豪州を訪れた。豪州の視察から帰って来た穣は、オーストラリアでカンガルーのぬいぐるみを昇へのお土産に買ってきて、興奮した面持ちで、イチコに語った。

「オーストラリアは広い国だ。日本の狭い国土から考えるとうらやましいばかりのところだ。郊外に出ると、こんなカンガルーとか言う奇妙な動物が車の前にピョンピョン飛び出して来て、危なく衝突するところだった。おもしろい国だ。もっとも、英語を話す国だと言っても、アメリカ英語とはずいぶん違っていたので、理解するのに苦労したよ。ツダイなんていうから、死ぬためという意味かと思ったら、今日と言う意味だった。エイをアイって発音するらしい」と言って、笑った。

１９０２年2月14日の建国記念日に、穣は皇居に招かれた。この記念の祝典には衆議院議員としての功績を認められ、招待されたのだ。神とも崇められている明治天皇に直接お目にかかるという栄誉に、穣はその日の朝は柄にもなく緊張した面持ちであった。午後になって、新調した燕尾服に身を包んで出かけた穣は、夕方、小さな木の箱を持って、高揚した気分で帰って来た。「天皇から、これを賜った」とその箱をイチコに渡すと、イチコは両手でその箱を押し頂いた。イチコも、緊張して、受け取る手が少し震えた。

「一体、何を賜ったのですか？」と聞くと、

「僕もまだ箱の中身は見ていない」と穣が言うので、早速イチコが開けてみると、赤い漆塗りの盃が入っていた。盃は金で縁取られ、盃の内側は菊の紋章をかたどったような花びらの中に、賜という字が、金で丸く書かれていた。この盃はすぐに床の間に飾られ、それ以降高須賀家の家宝として、丁重に取り扱われた。

この年は、穣の衆議院議員としての任期が切れる年でもあり、また立候補するかどうかの決断に迫られた。もう2回の選挙戦で随分お金を使い、持っていた田畑もかなり処分してしまった。まだ手元に残っている貸家を売れば、選挙資金は何とかひねりだせそうだった。しかし、今回の選挙戦は苦戦を強いられるのが目に見えていた。今まで穣の選挙区の定員は2名だったのだが、選挙法が改正されて、定員が1名になってしまったのだ。それに、公約に掲げた小学校の無料化も、薬物印紙税総撤廃も、実現した。あとは別子銅山の問題が残っているが、この問題は財閥が相手だけに簡単には実現しそうもない。衆議員として、やれることは全部やったという思いもあった。それでも穣は一存では決めかね、イチコに相談した。

「パパ、うちの貸家まで手放して落選したら、私たちだけでなく、松山の義父さんや義母さんも路頭に迷うことになります。昇を立派に育てなければいけないのですから、私としては、何か堅実なことをしていただきたいです」と、主婦として、しごくもっともなことを言った。

イチコの心配そうな目にであい、穣は出馬をきっぱり断念した。

穣の胸の内は、複雑であった。政治家は諦めるとして、何をしたらよいだろう。何しろ家族を養っていかなければいけない。何か金儲けになるようなことはできないだろうか。そんな思案に明け暮れていた時、議員会館にいた穣のもとへ思わぬ客が現れた。

秘書から、

「野田さんという方がお見えです」と言われたとき、誰の事か一瞬分からなかった。

「アメリカでお知り合いだったということですが」と秘書が付け加えたので、思い出した。アメリカの留学時代、毎日のように議論を戦わした友人だ。まさか日本にいるとは思わなかったので、一瞬分からなかったのだ。

応接室に姿を見せた野田は高級そうな背広を着て、羽振りが良さそうだった。会ったら、自然と握手をしていた。

「野田、久しぶりだなあ」

「お前が衆議員様になったと聞いて、ビジネスで帰国したついでに、お前の顔を見たいと思って、寄ったんだ」

野田はいつもの陽気な声で行った。

「お前のほうも、何だか羽振りが良さそうじゃないか。今何しているんだ」

そう聞くと、野田は、

「アメリカで、輸入商をしているんだ」

「輸入商？ 一体何を売っているんだ」

「アメリカでは日本の絵や陶器など、アンチークがはやっていてね。色々古いものを買い集めては、アメリカで売っている。結構繁盛しているんだ」

「アンチーク？ 骨董商か。いいところに目を付けたな」

「まあな。俺のことはともかくとして、お前も偉くなったもんだな。議員様だなんて」

「まあ、その議員様の仕事も今年限りにしようと思っている」

「どうしてなんだ」

「今度選挙があるんだが、選挙資金がなくて困っている。おまけに僕の選挙区の議員の定員数が2人から1人に減らされたから、競争率も倍になるんだ。とてもじゃないが、当選する自信がないんだ。だから、議員を辞めたあと、何をしようかと暗中模索の状態なんだ。でも、アンチーク・ショップと言うのも悪くないな」

「まさか、お前までアメリカでアンチークを売りたいなんて言わないでくれよ。商売敵が増えるのは、ご免だからね」

冗談のように野田は言ったが、野田が帰った後、穣はアンチーク・ショップと言うのが頭について離れなくなった。外国で骨とう品を売る商売をすれば、宝の持ち腐れになっていた英語を使えるではないか。穣には魅力的に思えた。

早速家に帰ってイチコに話した。

「外国に行って、商売をしてみようと思うんだ」

イチコは、穣に商売の経験が全くないことを知っている。だから、穣の突飛な言葉に戸惑った。

「でも、何をどこで売られるつもりなのですか。商売は、うまくいけばいいけれど、失敗することも多いと聞きます。商売の経験のないあなたが商売を始められるのは、不安です」

「野田でさえ、うまく商売をしているのに、僕にできないことはない。これでもアメリカの大学でビジネスを勉強したこともあるんだ。それともイチコは僕に松山に帰って百姓でもしてほしいのか」

イチコとしては、松山に帰るのは気が進まなかった。実家が近くなると言うのは嬉しい事ではあるけれど、長男である穣の嫁として、穣の両親と同居して仕えなければいけない。

「それも正直言って気が進みません。でも、外国って、アメリカにでも行くことを考えていらっしゃるんですか?」

「いや。オーストラリアに行こうと思うんだ」

穣の口からオーストラリアに行くなどという言葉はこの時初めて出た。外国に行くのならアメリカだろうと思っていたイチコは驚いた。

「それじゃあ、あのカンガルーとか言う奇妙な動物のいる国に行こうと言うのですか?」

「そうだ。あそこは広い国だ。それにオーストラリア人はフレンドリーで開放的だ」

穣は、その時、オーストラリアが前の年に白豪主義を施行したことを知らなかった。穣の頭の中にあるオーストラリアは、議員時代に視察で見たオーストラリアであった。

まだ外国に一度も出かけたことのないイチコは、賛成とも反対とも言いかねた。イチコの沈黙を賛成と解釈して、穣は、オーストラリア渡航に向けて、精力的に動き始めた。まず松山に帰り、身辺整理をすることから、始めた。

父の嘉平は、穣が外国に出かけることにはたいして反対もしなかった。穣が親元で過ごしたのは、慶応補習学校に入学するまでの9年間と師範学校時代と教員時代だけだったから、穣の不在には慣れていた。それに嘉平は嘉平で黒住教の布教活動で忙しくしていた。

そんな折、イチコは二人目の子供を身ごもった。今回は松山での出産だったので、実家の母もそばにいて、心強かった。そして1903年8月に生まれた二人目の子は女の子であった。愛子と名付けられた。愛子は愛くるしい顔の子だった。昇ほど夜泣きがひどくないのは助かったが、3歳になった昇もやんちゃ盛りで、イチコは二人の子供の世話で手いっぱいだった。オーストラリアは英語を話す国なので、英語の勉強をしなければいけないと思うのだが、イチコも忙しかったし、穣もオーストラリアに出かける準備のために外出することが多かったので、ほとんど穣から教えてもらう機会もなかった。渡航準備に嫁入り道具の一つとして両親に持たされたたくさんの着物を荷造りしていたら、穣が「外国では、余り着物を着る機会はないと思うよ。パーティー用に良い着物を2、3枚持っていけば十分だよ」と言うので、持っていく着物の数を減らした。その代わりに服を持っていくことにしたので、イチコは一生懸命自分の服や子供たちの服を縫い始めた。

穣は骨董商を始めるための商品の買い付けをするとともに、ビザの取得に奔走した。白豪主義のオーストラリアのビザを取得するのは至難の業であった。その頃、外国人を排除するために、書き取りテストをさせられるのが普通であった。穣はともかく、イチコは英語ができないのだから、パスするはずがない。そこで元政治家としての手腕を発揮して交渉に成功し、12か月のビザをともかく手に入れた。このビザは再申請すれば、最長3年間在住できると言うビザであった。本当は永住権が欲しかったのだが、それは手に入りそうもなかった。ビジネスが失敗した時のために生活費を送ってもらうように嘉平に頼んだ。渡航準備が完了した時は、衆議員をやめてから3年の月日が流れていた。1904年には日露戦争が始まるなど、日本の国内は騒しかったが、議員を辞めた後の穣は、まるで自分が政治家であったことを忘れたように政治に対する関心を失って、新しいビジネスのアドベンチャーの準備に没頭した。

第三章　オーストラリア、メルボルンへ

ビジネスの準備も整い、穣は、イチコ、昇、愛子の三人を引き連れて、松山から神戸に向かう船に乗ったのは1905年の1月の寒い日だった。穣はもうすぐ40歳の誕生日を迎える。イチコは29歳、昇はもうすぐ5歳、愛子は17か月であった。松山港には、大勢の見送り人がいた。穣の父嘉平に母カツネ、姉のカメ。そしてイチコの父母と弟の白生、妹の登美と登池。そして穣の選挙を応援してくれた人々、黒住教の人。イチコの友達など。一人一人に挨拶をしていると、すぐに出発の時間が来た。一度外国に行くと、もう2度と会えないかもしれない。そう思うと、皆涙顔だった。そんななかで、一人だけ意気揚々としている人物がいた。穣である。穣は、これからどんな冒険が待ち受けているかと思うと、ワクワクしていた。それと対照的に、イチコの顔は暗かった。それも無理はない。言葉も余り話せない、未知の国に行くのである。期待より不安のほうが先だった。愛子を抱いているイチコの着物の袖を昇がしっかり握りしめていた。昇も、はっきり何が起こっているのか分からないが、漠然とした不安を感じていたのだろう。見送りの人々の姿が点になって消えていくまで、穣とイチコは甲板に立って、見送りの人々を見ていた。とうとう見送りの人が全く見えなくなってしまうと、イチコは目元を濡らした涙を、穣に気づかれないように、そっと拭いた。穣たちが乗っ

た船が神戸に着いた後、1月31日神戸の港からエンパイヤという汽船に乗りかえて、メルボルンに向かった。一か月余りの長旅になる。子供連れだったので一等船室にしたので、知らない人との雑魚寝ということはなかったが、太平洋を渡るとき、船は大きく揺れ、イチコも子供たちも船酔いに悩まされた。穣は船旅に慣れていて、一度も船酔いにかからず、もっぱら、家族の看病にあたった。

出航前に穣がオーストラリア大使館に問い合わせて分かっていたことは、オーストラリア全体では日本人が３５００人いるということであった。その日本人のうち半数以上は和歌山県出身者で、木曜島など、北のほうで真珠貝産業に従事していた。次に多かったのはクイーンズランド州のサトウキビ農場で働く労働者で、熊本県と広島県の農家の次男、三男が多かった。日本では仕事もなく食べていくのが難しかったため仕方なく移民したものが多かった中、高須賀一家は異色の存在だったと言える。

神戸を出て1週間たった頃には、イチコも子供たちも船旅に慣れたようで、ようやく船室から出て、甲板で広い海や空を眺めて過ごすことが多くなった。出発するときは寒かったが、南回帰線に近づくにつれ暑くなって来た。メルボルンは、赤道を越えて、ちょうど仙台と緯度が同じところにある。到着した3月15日はメルボルンは秋になったばかりで暖かく、日差しは和らいでいた。

船を下りたところから、馬車に乗って、町中に出た。馬車から見る風景は、イチコにとっては物珍しいものだらけだった。いつもはやんちゃな昇まで、神妙な顔をしてきょときょと周りの景色を見ている。愛子は疲れたのかイチコの膝の上で眠っている。イチコがまず驚いたのは、西洋人だらけなことだった。男も女も洋服を着ている。皆大柄で、イチコのように小柄なのは、子供しかいない。そして聞きなれぬ言葉で話している。イチコは、急に物怖じした。こんなところで、暮らしていけるのかしらと心配顔で穣のほうを見ると、穣は楽しそうに、道行く人を眺めている。

「パパ、今からどこに行くの？」と聞くと、

「今日はホテルに泊まらなければいけないけれど、できるだけ早く町中にお店を借りるつもりだよ」穣は意気揚々と答えた。

穣の久しぶりに見る喜びで輝いている顔を見て、イチコは不安を押しのけるように自分に言い聞かせた。「パパと一緒なら、きっと大丈夫だわ」

ホテル暮らしは余り長く続かなかった。穣がすぐに輸入業を経営するための事務所兼店を借りたからだ。借りた場所はメルボルン市街地のクイーン・ストリート１３６番地の２階建ての建物である。２階を住居にするということで、物件を見せてもらったイチコは少し安心した。パパがいないところで子供たちと三人だけで、言葉もできないのに、暮らしていく自

信がなかったのだ。

今まで女中に任せていた家事を全部自分一人でこなさなければならなくなり、イチコの一日は、目まぐるしいまでの忙しさになった。幸いなことに住居の近くに、メルボルン一の大きな市場、クイーン・ヴィクトリア・マーケットがあり、イチコは食べ物を買いに子供たちを連れてマーケットに行くのが日課になった。最初、肉売り場に近づくと、肉の腐ったようなにおいが充満していて気分が悪くなった。おまけに豚の頭が飾られていたり、皮をむかれたウサギが吊るされているのを見て、思わず目を背けた。それに、どうやって買えば良いのか戸惑ったが、品物を指さして、「ハーマッチ」と値段を聞けば、売り子たちはイチコが余り英語ができないのに気づいて、指で値段を教えてくれた。市場の売り子たちは人懐こく、皆一様にイチコの子供たちを見てにっこり笑い、「かわいいね」と言ってくれた。

穣は、店を借りることに決めてすぐ店を改装して、ペンキ屋を雇い、看板を掛けた。「Takasuka Dight and Company」(高須賀ダイト・アンド・カンパニー)と掲げられた看板を見て、穣は満足そうにうなづいた。「一緒に送った積み荷を取りに行けば、すぐにでも商売が始められる」

穣は関税の手続きなどを済ませて、商品を取りに行き、その商品を店に並べた。有田焼の皿や花瓶。木で彫った仏像、日本画や、日本人形など、外国人が興味を持ちそうなものを並べたところで、商売が開始された。人を雇うお金もないので、穣は事務の仕事、売り子などすべてを一人でこなさなければいけなかった。イチコは、掃除を手伝うくらいで、ほとんど2階の住居で子供たちの世話をしているうちに、一日が矢のように過ぎて行った。

店は穣が期待したほどはやらなかった。まず人通りが少ない。やっと店の中に入ってきた人も、品物だけは丹念に見ていくが、財布のひもをほどく人がほとんどいない。時たま興味を持つ人も、値段を言うと、「高すぎるなあ」と言って、店を出ていく。閑古鳥が鳴く毎日が続いた。ある日、身なりの良い紳士が店に入ってきて、品物をひととおり眺めた後、「この店の主人は、あなたですか?」と穣に聞いた。

「そうです」と答えると、

「あなたは日本人ですか?」と聞く。

「そうです」と答えると、その紳士は嬉しそうな顔をして言った。

「それは良かった。実はあなたにお願いしたいことがあるのですが…」と言いながら、おもむろに名刺を出し、穣に渡した。

「私はストット・アンド・ホー（Stotts and Hoare）ビジネス・カレッジを経営している、リチャード・ストットという者です。最近うちのカレッジに日本語を教えてくれないかと言う問い合わせが多くあり、日本語のクラスを作ろうかと思うのですが、先生になってくれる人がいなくて困っているのです。うちの学校で日本語を教えてもらうわけにはいかないでしょうか?」と、言う。

「日本語ですか?」穣は、驚いて聞き返した。

「そうです」

穣は、日本語を習いたいと言うオーストラリア人がいるというのをはじめて知った。

「どうして日本語を習いたがっているのですか?」

「日本はエキゾチックな国なので、一度行ってみたいというのが多いようですな。昼間働いている人が多いので、夜のクラスなので、お宅のビジネスに支障をきたすようなことはないと思いますが、いかがでしょうか?」

「僕は日本語を教えたことはないし、勿論資格もありません。それでもいいのですか?」

「結構です。メルボルンには余り日本人がいないし、いても英語が話せない人が多いので、困っていたのです」

突然の申し出に穣は躊躇した。

「ちょっと、考えさせてもらえますか?」と言うと、リチャードは、

「それでは3日後にお返事を伺いに来ます」と言って、帰って行った。

その晩、穣はイチコに相談した。

「日本語を教えてくれと言うんだが、どうしようかと迷っているんだ。僕は日本の小学校でしか教えたことがないし、外国人用の日本語のテキストなんてないというし。教える自信はないんだ。でも、店は余りうまくいっていないから、少しでも給料がもらえるのは助かる」

イチコは即座に、答えた。

「教えられたらいいじゃありませんか」

「でも、夜出かけるとなると、お前と子供たちだけになるが、大丈夫か」

「大丈夫ですよ」とイチコは力強く答えたが、内心ちょっと自信がなかった。でも、夫の足を引っ張るような妻にだけはなりたくなかった。イチコはイチコなりのプライドがあった。

「そうか。それじゃあ引き受けてみよう」

というわけで、穣は図らずも、日本語教師となり、オーストラリアでは、クラスで日本語を教えた最初の人物となった。ちなみにオーストラリアの大学で初めて日本語のクラスができたのは、１９１７年、シドニー大学が最初だったことをかんがみれば、穣は、その10年以上も前に日本語教師をしたことになる。

穣が初めて教室に足を踏み入れると、そこには好奇心に満ちた10の目が待っていた。20代の若者、30代くらいのサラリーマン風の男が二人、40代くらいの学者のような感じの男、そして、太っちょの50代くらいの女性の５人が穣の生徒であった。

最初に英語で自己紹介をしたあと、黒板にローマ字で「Konbanwa」と書き、挨拶を教えることから、穣の日本語のクラスは始まった。「こ〜んば〜んわー」と抑揚をつけて言う生徒のイントネーションを直すのに、穣は苦労をした。皆教室内では熱心に勉強しているが、私立の学校なので、資格がとれるわけでもないせいか、家で復習しないようで、前の週教えたことも忘れていることが多く、1週間に1回2時間の授業の最初の1時間は、復習になってしまい、なかなか進歩が見られないのが、穣にとってはがゆかった。それでも週にいくらかもらう報酬は、穣にとっては、ありがたかった。

穣が日本語を教えている間、イチコも英語の勉強をせねばと一大決心をして、ラジオを聴くようにした。しかし、ラジオから流れる英語は、余りにも早口で、イチコが一つ一つ頭の中で日本語の単語に置き換えていくうちに、会話は終わっていて、言っていることがチンプンカンプン。イチコの英語も、穣の生徒の日本語同様、遅々として進まずという状態だった。

どの店も土曜日の午後から閉まり、月曜日の朝まで開かない。日曜日は朝教会の鐘が鳴り、ほとんどの人が教会に行くようだ。週末の町は人通りもほとんどなくなり、寂しい限りである。ある日、イチコは穣に、「教会に一度行ってみませんか?」と言ってみた。

「へえ、教会に興味があるの?」

「ええ。どんなところか行ってみたいし、ここにいても知り合いもいないから、本当のことを言うと、少し寂しいの」と言う。

穣は、自分が初めてアメリカに行った時のことを思い出した。イチコよりは英語ができたが、それでも孤独感を味わった。イチコは自分や子供たちと一緒だから、自分が感じたほどの疎外感はないだろうと思ったのだが、イチコだって、きっと自分と同じくらいの年代の女性とも話がしたいだろう。それに教会で誰か英語を教えてくれる人にでも出会えれば、イチコにとってもいいことだろうと思い、

「そうだね。来週の日曜日は子供たちを連れて、フリンダース・ストリート駅の向かい側にある大きな教会に行ってみよう」と答えた。フリンダース・ストリート駅の向かい側にある教会というのは、険しい峰を思わせるような塔が三つ天に向かってそびえ立つゴシック形式の美しいセント・ポール大聖堂のことだった。

イチコはそれまでも教会に行く人を見たことがあるが、皆着飾っていた。穣はいつものように背広を着て行けばいいけれど、子供たちに着させる服や自分が着ていく服を選ばなくてはと、色々着ていく服に頭を悩ませた。

日曜日がやってきた。イチコは5歳の昇にはズボンとシャツ、2歳の愛子にはフリルの付いた可愛いレースのピンクの服を着させた。そして自分は、水色の長袖のブラウスとソレアーのついた紺色のロングスカートを組み合わせて着た。そして家族全員帽子もかぶって教会

に向かった。店から教会まで歩いて30分ほどかかった。青い空にそびえたつ教会を見上げていると、たくさんの淑女と紳士といった様相の人々が吸い寄せられるように、大きく開かれた扉の向こうに消えて行った。イチコはその人の流れを眺めて、少し気おくれがした。皆背も高く、体格も立派である。アジア人と思える人は、一人も見かけなかった。しかし西洋人は穣にとっては珍しくないようで、穣は堂々と教会の中に入っていった。イチコは子供たちの手を引いて、穣の後に隠れるようにおずおず入って行った。教会の中に入ると天井が驚くほど高く、空気はひんやりしていた。祭壇は遠くに見えたが、祭壇の中央にはキリストが十字架にかけられている木製の彫り物が飾られていた。祭壇の前には何列も木の長椅子が整然と並んでいて、たくさんの人が椅子に掛けて、知り合いの人と話をしているようで、教会の中はざわついていた。穣は、後ろの列の空いている椅子に座ったので、イチコと子供たちも穣の傍らに座った。

祭壇の前に立った牧師のお説教、賛美歌斉唱と、聖書朗読。何もかもイチコにとっては初めての経験だった。牧師の言っていることは余り分からなかったし、賛美歌も歌えないので全く聞くだけだったが、パイプオルガンの厳かな響きと参列者の歌う賛美歌の美しさに、心が洗われるような気がした。穣は、アメリカでも教会に行った経験があるようで、真剣な顔をして、牧師の合図に合わせて椅子を立ったり座ったりして、イチコや子供たちにもまねをするように目くばせした。1時間余りの礼拝の後、献金箱が参列者の間に回ってきて、皆小銭を入れていた。穣もいくばくかのお金を入れた。

礼拝の終わった後、教会の出口には、牧師が立っており、参列者の一人一人ににこやかに挨拶をしていた。穣も帽子をとって「グッドモーニング」と牧師に挨拶すると、「初めていらした方ですね。これからも是非来てください」と歓迎の言葉をかけてくれた。

これをきっかけに、日曜日には高須賀家の人々の姿が教会で見かけられるようになり、穣もイチコも他の教会員から少しずつ声をかけられるようになった。一か月もたった頃には、お茶会にも誘われるようになった。イチコは初めてお茶会に呼ばれたときは、極度に緊張したが、教会員達は、イチコにも分かるようにゆっくりと英語で話してくれ、イチコのつたない英語も忍耐強く聞いてくれたので、段々教会の人に打ち解けていくようになった。その時、いつも息子の昇を紹介すると、オーストラリア人は一様に、「ノビル？」「ノブロ？」などと言い、まともに「のぼる」と発音してくれる人がいない。イチコがそのことを穣に言うと、穣は「ノボルというのは、オーストラリア人にとって発音しにくいから、これからショーと呼ぶことにしよう」と提案した。それからは、教会の人に「ショーです」と紹介するようになった。すると、皆すぐに昇の名前を覚えてくれるようになった。

穣たちがオーストラリアに来て一年たつころには、イチコや子供たちも、オーストラリアの生活に慣れていった。特に6歳になった昇と3歳になった愛子は、日本語で話すよりも英語で話すほうが得意になり、兄妹二人で話す会話が英語になり、イチコは時折自分一人がおいてけぼりをくったような寂しい思いをすることもあった。

穣の商売のほうは、余り成功しているとは言えず、穣の日本語教師としての報酬と松山の実家からの仕送りでなんとか賄う生活が続いた。

そんなある日、穣はオーストラリアの移民局から通達を受けた。

「貴殿のビザは1年滞在許可をしたものであり、2年までビザの延長が可能なものの、貴殿は1年延長の申請を怠っております。よって、6か月以内にオーストラリアを出国するように命じます」

通達を受け取ったのは、1906年7月7日。オーストラリアに来てから1年と4か月が過ぎていた。6か月以内に出国するとなれば、来年の1月にはオーストラリアをでなければいけなくなる。

この通達を受け取った時から、穣の頭の中は、どうすれば滞在延長を認めてもらえるだろうかという思いでいっぱいになった。すぐに、日本領事に面会を申し込み、相談にいった。元衆議院議員の泊が物をいったのか、日本領事は穣に同情してくれ、オーストラリア移民局にかけあってくれた。日本領事の奔走が功を奏して、再度ビザを申請しないという条件で、

１９０６年3月から1年間の滞在延長が許可された。

穣は1年滞在延長では満足しなかった。何とかこの地に根を下ろす方法はないかと日夜頭を悩ませた。そんなある日、穣の新聞を読んでいる目が一か所に吸い寄せられた。そこには、

「今年の米価は高騰し、１トン22ポンドになった」と書かれていた。

オーストラリアが独自の貨幣制度を持ったのは、１９１０年のことだから、この22ポンドと言うのは英国貨幣の22ポンドということになる。２０１４年現在では、22ポンドはおよそ２０００ポンドの価値があるという。

何とか米を安くオーストラリアで生産できないだろうかという思いが、穣の頭の中で膨んでいった。米作りには大量の水がいる。そんな土地がメルボルン近郊にないものだろうか？

それからの穣は、米作りができそうな土地を探すことに没頭した。そんな穣のレーダーにひっかかったのは、マレー川流域の洪水地域だった。毎年洪水に見舞われると言う土地が、米作りに適しているように思えた。ここで、米作に成功すれば、耕作途中で出国しろと言われることもないだろう。そうすれば、この国に永住できるかもしれない。

穣がイチコに作戦を打ち明けると、イチコは驚いて言った。

「パパは、今までお百姓をしたことがないでしょ？それなのに、米作りなんてできるの？そんなの無理よ」

イチコにとっては正気の沙汰とは思えなかった。しかし、穣はイチコのそんな懐疑的な目も気にならないようで、これしか永住権を得る方法はないと確信するに至った。米作りをすると決心したあとの穣の行動は素早かった。政治家だった5年の月日は無駄ではなかった。すぐにオーストラリア政府と交渉するためにはどうすればよいかと、作戦を練った。日本領事に相談を持ち掛けると、「連邦政府分析官のウイルキンソンさんと言う人を紹介してあげましょう。彼が何か手助けをしてくれるかもしれませんよ」と言われて、穣は早速ウイルキンソンに会いに行った。ウイルキンソンは、熱心に穣の話に耳を傾けてくれた。ウイルキンソンを説得するために、穣ははったりを言うのもいとわなかった。

「私は生涯ほとんど稲作に費やしてきました。アメリカでも稲作をしようと挑戦しました。2度も挑戦したのですが、米の価格が安くて、帳尻がとれず、失敗してしまいましたが、ここのコメの価格は1トン22ポンドと高いので、利益も出す自信があります」と、堂々とまくしたて、ウイルキンソンに反論の余地を与えなかった。穣の情熱に動かされたウイルキンソンは、「それでは、トマス・ベント州知事と土地調査大臣を紹介してあげましょう」と言ってくれた。

1週間後に、会見してもらえると通知を受けた穣は、知事と大臣を説得するために色々書類を準備して、緊張した面持ちで、会見の日を迎えた。

その頃、州政府は街の北側にある今は世界遺産となっているロイヤル・エクヒビション・ビルディング（王立展示会場）にあった。２０１６年現在州議事堂となっている街中にある建物は、１９０１年から１９２７年まで連邦政府に使用されていたからだ。

ウイルキンソンと一緒に丸い天井が高くそびえる広大な建物の中に入り、受付で州知事との面会の約束があると言うと、すぐに会議室に案内された。穣は、自分が政治家であった頃のことを思い出した。そして、政治家を説得するためには、どんなことを言わなければいけないかを、頭の中で復習した。

二人が会議室で待っていると、5分もしないうちに、扉があき、二人の男が勢いよく入って来た。それを見て、穣もウイルキンソンも同時に椅子を立った。太っちょの大柄な男がまず「州知事のトーマス・ベントです」と、穣と握手をするために手を差し出した。知事は如才なさそうな男で、笑みを絶やさなかった。州知事とのあいさつの後、土地大臣も自己紹介をし、全員席に着いた。

ウイルキンソンが、簡単に穣を紹介すると、穣は情熱をもって知事の説得に乗り出した。

「私はオーストラリアで米の栽培ができると信じております。ですから、米作りの試作のために土地をお借りできないかと思っています。今米価は高騰していて、1トン22ポンドもします。これを輸入に頼らなくても良いようにしたいのです、それに米作りには、ほかの作物ができない、今まで使い道がなかった湿地を利用することができます」

「穣さん、米作りの経験はどのくらいおありですか？」

「私の家は農家で、日本ではもちろんの事、アメリカでも米作りをした経験があります。もっともアメリカで2度ほど米を収穫しましたが、余りにも低価格で、元手がとれなくて断念しました」

「なるほど。アメリカでは失敗したと言うのに、オーストラリアで成功する公算はあるのですか？」

「勿論です」

「たとえ米作りに成功したとしても収穫するまでに時間がかかりますが、その間の生計はどう立てていくつもりですか？」

「その点に関しては、ご心配におよびません。私の実家は松山市近くの末広町という所に土地をもっており、そこには8軒の貸家があります。それに泉町というところには農地224平方メートルを所持していまして、そこにも農地のほかに7軒の貸家を所持しています。これらの地代と家賃を合わせれば、小学校の校長の年俸に相当する収入を得られます」

「なるほど。それでは、土地大臣とも検討したうえ、あなたに土地を貸すか、また土地を貸すとしたら、どの土地にするか、またその条件をどうするかを、1か月以内に通知します」

会見は15分で終わったが、穣は確かな手ごたえを感じた。

イチコは穣に百姓ができるのだろうかと不安に思ったが、できるだけ愚痴はこぼさないようにした。穣は、米作りが成功するかどうかという不安よりも、土地貸与の認可を得られれば、事実上永住権をとれるのではないかとの期待が大きいようで、引っ越しをする計画まで立て始めた。

知事に会って1か月後、約束通り、州政府からの通達の郵便が届いた。穣は、緊張した面持ちで手紙を封筒から取り出したが、読み進んでいくうちに、こわばった顔が段々緩んできて、最後には安堵のため息をついた。そばで穣の様子を見ていたイチコは、「どう言ってきたのですか？」と聞くと、もらった通知をイチコに渡した。イチコの英語力では何が書いてあるのか分からず、通知を穣に戻しながら、「私、何が書いてあるかわかりませんわ」と、穣に説明を求めた。穣は、手元の通知の文面を日本語に訳してイチコに説明してくれた。

「スワンヒルのマレー川の西ティンティンダー（Tyntynder West）300エーカーのうち200エーカーを高須賀穣に貸与する。賃貸料は、1エーカー当たり6ペンスとする。もし貸与した土地で米作りを続け毎年1エーカー当たり10シリングずつ5年間使って行けば、その土地は永久に年間1エーカー当たり3ペンスで貸与する。このため高須賀穣一家に対しては厳密な移民法は適応されないよう移民局にも通達を出した」

イチコは、「それでは私たちは米作りをしている間は、この国に住めるということですか?」と聞くと、穣は、興奮した面持ちで、「そうだ。やっと永住権がとれそうだ」と叫んでいた。

その通達の最後には
「もしこの条件に異存がなければ、メルボルンの土地事務官に1906年8月31日金曜日の締め切りまでに申請すること」と、書かれていた。

勿論穣は締切日を待たず、すぐに申請書を提出した。

申請書を提出した後、まず穣は、米の種子1トンを送ってくれるように、松山にいる父、嘉平に手紙を書いた。

嘉平から種子が送られてくるまでの間、高須賀一家は引っ越しの準備で大わらわとなった。クイーンズ・ストリートの店も閉店しなければならず、品物を処理するために大バーゲンセールをした。しかしバーゲンしても売れ残ったものがあった。その中の一つに、室町時代の画僧、兆殿司(ちょうでんす)によって14世紀に書かれた有名な16仏教の羅漢の一つの掛け軸があった。100ポンドの値打ちはある高価な掛け軸だった。

「この掛け軸をどうしようか」と思案顔の穣に、イチコは、「ビクトリア州国立美術館は買ってくれないでしょうか」と言った。「それはいい。あそこならちゃんと保管してくれるだろうし、ビクトリア州の人達皆に楽しんでもらえる。早速交渉してみよう」と穣は、すぐその気になって、国立美術館にその掛け軸を持って行った。美術館で館員に会い、掛け軸を見せながら、いかに値打ちのあるものかを説明して、「これを100ポンドで買っていただけないでしょうか」と言うと、その館員は掛け軸を手に取って眺めていたが、3分もしないうちに掛け軸をくるくる巻いて納めると、「うちでは買えません」と言って穣に戻した。穣は交渉に失敗して意気消沈として家に帰った。うちで、イチコに買ってもらえなかったことを話すと、イチコは「きっと、その館員さん、東洋美術の値打ちが分からない人だったんじゃないですか。パパの言うことを信じて、もしもあとで偽物だと分かったら恥をかくと思ったんじゃないですか」と言ったので、「そうかもしれないなあ。それにしても鑑識眼のない館員がいるものだなあ」と、ぼやいた。

イチコは、たいしてメルボルンに知り合いができたわけではないが、それでも、メルボルンを離れるとなると、教会で知り合った人や、多少なりとも付き合いのある人との別れは名残惜しかった。

穣のほうは、知り合いも多かったので、皆へのあいさつ回りでも忙しかった。穣が一番名残惜しかったのは、ビジネススクールの日本語の生徒だった。最初5名だった生徒が一年もすると12名にもなっていた。校長のスコットは穣が日本語教師を辞めると言うと、「生徒の数も増えて来たので、先生にはもっと教えていただきたかったのに、残念です。これからまた新しい先生を探さなければいけませんが、あなたほど熱心に教えてくださる人が見つかればいいんですが」と、残念がった。

穣は日本語を教える最後の日、生徒に言った。

「私は、これからオーストラリアでの初めての米作りを目指して、スワンヒルに行くことにしました。皆さんと今日でお別れです。今校長が僕の後任を探してくれていますから、すぐに代わりの先生が見つかると思います。これからも日本語の勉強に励んでください」と言うと、教室が一瞬シーンと静まり返った。誰もが穣の突然の辞任のニュースに驚いて声も出なかったようだ。穣が教室を出て行こうとすると、後ろで拍手が起こり、その拍手がだんだん大きくなって、穣が振り向いたときは、生徒全員が席から立ちあがり、頭を深く下げながら、「ありがとうございました」と一斉に言った。穣は、ちゃんと日本語で挨拶ができるようになった生徒を見て、少し目頭が熱くなった。

第四章　スワンヒルへ

せっかちな穣が、申請が受理されたという知らせを受けるのを待ち切れず、スワンヒルに向かったのは、10月に入ってからだった。高須賀一家がその時持って行ったものは、500ポンドのお金と、米の種子1トンだけであった。

メルボルンの気候は、少し肌寒いくらいだったのに、北へ向かうにしたがって、日差しが強くなり、スワンヒルに入ると、まばゆいばかりの太陽が照り付けていた。イチコ達は、車窓からの光景を眺めていたが、スワンヒル近くまでは低いながらも丘が見える光景だったのが、スワンヒルに近づくにつれ、山が全く見られなくなった。どこを見ても平坦である。日本ではもちろん、メルボルン近郊でもどこかに丘なり山なりが見れた。山が一つも見えない光景は、イチコにはなんだか殺伐として見えた。スワンヒルまでの6時間の旅を終え、汽車を降りて見たスワンヒルの街中は、小さいなりにも田舎町の様相を呈していて、どこの田舎町にもあると言われるパブがあり、雑貨店など中心街と思われるところに、店が立ち並んでいた。とはいえ、50メートルもないくらいの短い通りだったが。穣が割り当てられた土地はそこからまた馬車で1時間ばかりのところにあった。

「ここがティンティンダーウエストですよ」と言われておろされたところには、見渡す限り人っこ一人も見えない寂しいところだった。あるのは砂埃の立っている一本道だけ。わき道に入っていくと、灌木が一面に生えていて、歩くのもままならない。灌木の下に茂った雑草をかき分けながら少し行くと、小川があった。そこはよく洪水をおこすと言われる小川のようだ。水が満々と流れていた。その周りはユーカリの木がたくさん生えていて、耕作地と思われるところはどこにもない。イチコはこの光景を目にするまでは、どんなところで暮らすのかと少し不安だったが、今はその不安は絶望に変わった。

「パパ、こんなところでお米が作れるの？」

穣はイチコの質問には答えず、雑草をかき分けながら、どんどんと奥に入って行った。そのあとを子供たちが続き、イチコは子供たちの後について行った。

立ち止まった穣は、「ともかく、この灌木を切り取らなければ」と、この荒地にひるむことなく言った。その力強い声を聞いて、イチコは穣の決意が並々ならぬものであることを知った。

「とりあえず、今晩泊まるところを確保しよう」と、穣は元来た道を戻って、誰か道を通らないかと親子4人で道端で待っていると、20分ばかり待った頃、馬に引かれた荷車が通りかかった。すぐに穣は道の真ん中に出て大きく手を振った。突然道端から躍り出た穣の姿に驚いて、馬に乗っていた男が、馬をとめた。

「この近くで、今晩だけでも泊めてくれるところはないでしょうか?」と、馬の手綱を持っている農夫らしい日焼けした男に聞いた。その男は物珍しそうなものを見るように、穣からイチコ、そして昇と愛子と順番に目を移していき、最後にもう一度疑わし気に穣を見て、

「あんた、中国人かね」と聞いた。

「いえ、日本人です」と言うと、

「日本?それはどこにある国かね?」と不思議そうな顔で聞く。

日清戦争で日本が中国に勝ったのは、もう10年前のことであり、最近ではロシアにも戦勝している。いまや、日本は列強の国の仲間入りを果たしたと信じていた穣のプライドは、少し傷ついた。

「太平洋にありますよ」と言うと、「ふーん、太平洋にある島か」と、たいして興味もなさそうに言われた。スワンヒルでは、それまでほとんどの住民が日本人を見たことがなかったのだ。実は、高須賀一家はこれからも「日本人です」と誇りをもって言うたびに、日本に無関心な人々に出会い、「まあ、僕たちにとっては中国人も日本人も黄色人種で、同じことだ」と言われることが多く、いつの間にか、高須賀家の人々自身、中国人とみられても気にならなくなっていったが、そうなるまでには4年かかった。

男は続けて、「どこから来たんだね」と、聞いた。

「メルボルンから来ました。この近くの土地を耕作する許可を政府からもらったので、ここを開墾するために来ました」

男は、道端にたたずんでいるイチコと子供たちに目をやって、

「あんたの家族かね」と聞いた。

「そうです」

「俺は今からスワンヒルに戻るところだけれど、スワンヒルにはパブがあるから、そこで今晩泊まったらいいよ。後ろの荷台に乗んなよ」と、言ってくれた。

穣は早速荷台に乗ったあと、イチコや子供たちに手を貸して、皆を荷台に乗せた。

がたがた道を馬車に揺られて1時間。またスワンヒルの町に戻って来た穣たちを、馬車の男は中心街にあるパブの前でおろしてくれた。パブは階下は酒場になっているが、2階は宿泊所になっている。

「スワンヒルの宿泊所って、ここくらいしかないよ」と、言った。穣たちが丁重に礼を言うと、

「耕作の成功を祈るよ。でも、あんな土地が耕作できると思うなんて、あんたも物好きとしか思えないけどな」と、別れ際に言った。

パブに入ると、カウンターに2人、テーブルに4、5人座ってビールジョッキを手にして

いた男たちが、一斉に穣たちを見た。皆白人だった。その男たちの目は冷ややかだった。まるで「なんでお前たちアジア人がパブに入ってくるんだ」とその目は言っているようだった。一瞬すべての会話が止まり、パブの中に緊張がみなぎった。イチコは、思わず息をのんだ。パブの客たちから罵倒されて追い出されそうな気がした。その空気を破るように、穣がカウンターの中にいる男に、「今晩泊めてほしいんだが、部屋はあるかね」と、明るく声を張り上げた。その声で、その場の緊張が一瞬にして消えた。また客たちは自分たちの会話に戻り、パブはまた元のざわめきを取り戻した。カウンターの中でグラスを拭いていた男は手を止めて、穣の身なりや持ち物を値踏みするように見たあと、「空いているよ」と言った。

その日、パブの2階の一室に泊まることになった穣たちはパブで夕食を済ませると、すぐに部屋に引っ込んだ。子供たちは長旅の疲れがでたのか、すぐに眠ってしまったが、穣もイチコもなかなか寝付けなかった。階下のパブから聞こえてくる酔っぱらいの歌声や喧嘩の音などで寝付けなかったと言えるが、それよりも、今日見た土地をどう耕作していけばいいのか、この町の人たちとうまくやっていけるのかと将来への不安が大きく胸にのしかかってきて、目がさえてしまったのだ。

翌日の朝、パブで食事をとったあと、穣はパブの主人、スティーブに、米作りを始めたいが誰か土地を貸してくれるような人はいないだろうかと相談を持ち掛けた。与えられた土地を開墾してそれから稲作りを始めるとなると、何年先になるか分からない。稲作りの栽培をしながら開墾していくほうが、能率が良いと判断したのだ。スワンヒルは来たばかりで誰も知り人がいない。しかしパブの主人なら、町の情報に詳しいと思ったので、スティーブに聞いてみることにしたのだ。案の定、スティーブは、「うちのお客さんでスコット・ワトソンという人がいるけれど、彼は大地主だから、頼めば彼の土地の一部を貸してくれるかもしれないよ。今晩も来ると思うから、何だったら、頼んでみれば」と言ってくれた。結局、その晩もパブに泊まることにして、スコットが来たら紹介してくれるように、スティーブに頼んだ。時間のあいた昼間の時間、穣は馬を見に行った。きのう見た荒地は、とてもじゃないが、自分一人で開墾できるとは思えなかった。だから馬を買う決心をした。スティーブに、馬を売ってくれるような牧場がないか聞いて、イチコ達を引き連れて、スワンヒルの郊外にある牧場を訪れた。昇と愛子は、馬が見れるというのではしゃいでいた。牧場にはたくさんの馬が放し飼いにされていて、口をモグモグさせながら、草を食べていた。牧場主のケビンに、馬を三頭買いたいと言うと、「何に使うんだ」と聞くので、「開墾のために使うんです」と言うと、「それじゃあ、足は速くなくてもいいな。力持ちの馬なら何頭かいるよ」と言って、柵の中にいた馬を見せてくれた。確かに足も太くて、頑丈そうな馬ばかりだった。イチコは、見上げるような馬に、おっかなびっくり近づいたが、昇も愛子も、怖気づくこともなく近づいて、馬を見上げて、「パパ、この馬優しい目をしているね」と英語で言って、牧場主をほほえませた。

「それじゃあ、昇に馬を選んでもらおうかな」と穣が言うと、

「ワア、僕が選んでいいの」と昇は目を輝かせて、馬を熱心に見て回った。

そして、「この馬と、この馬と、この馬」と、頑丈そうな馬を3頭選んだ。イチコは子供に馬を選ばせるのは少し不安であった。

「パパ。昇に選ばせていいの」と言うと、すかさず牧場主は、

「坊や、目が高いね」と、昇の選んだ馬を推奨したので、昇が選んだ3頭にすぐに決めた。

「実は、まだどこに住むか決めていないので、住むところが決まったら、届けてくれないか」

と穣が言うと、

「それは、いいけど、開墾するって言うことだけど、開墾して何をするんだ？」と聞く。

「米作りを始めようと思っているんだ」

「米作り？スワンヒルで米作りなんてできるのかなあ」と牧場主は懐疑的であった。

米作りに関して懐疑的なのは、牧場主だけではなかった。その晩パブの主人に紹介されて会ったスコットも、懐疑的であった。

「地代さえ払ってくれれば喜んで貸すけれどね、米作りなんて今までやった人もいないし、本

当にできるの？」と言う。

「大丈夫です。僕はアメリカでも米作りをしたことがありますから」と稔は自信たっぷりに言った。

「それじゃあ、明日貸してあげられる土地に連れて行って、みせてあげるよ」と、すぐに話がまとまった。

翌日の朝、約束通りスコットは朝8時半に、馬車でパブまで稔たちを迎えに来てくれた。馬車と言っても、荷台をつけた馬で、荷台に乗せられた高須賀一家の乗り心地は、余り良いものではなかった。でこぼこ道を右へ左への揺すられながら行ったナイアと言う地は、ティンティンダーウエストよりも遠く、スワンヒルから北へ2時間くらいも行った所にあった。スコットの見せてくれた土地は、平地で開墾されていて、今すぐにでも米の種子を植えられそうなところであった。これならすぐに米作りの試作ができると思った稔は、すぐに35エーカーを借りることにした。そして翌日から早速持ってきたコメの種子を植え始めた。稔の考えていた米作りは水田は使わないで、できるだけ機械を使って能率よく農作業をしていくことだった。何しろ、35エーカーの土地を一人で耕さなくてはならないのだから、日本の農家のように、人手をかけることはできなかった。イチコは、子供たちの世話で忙しく、せいぜい昼ご飯を持って行くくらいの手伝いしかできなかった。イチコは手伝ってあげたい気持ちはあったのだが、お嬢様育ちだったイチコにはどだい農作業は無理であった。また、穣もイチコに農作業ができると期待してもいなかった。このため、穣の買った3頭の馬が活躍することになった。ナイアに届けられた馬は早速「松」「愛媛」「ロフティ」と名付けられた。「松」「愛媛」は穣が名付けたが、「ロフティ」の名付け親は昇だった。もう英語のほうが得意になっていた昇は、大きくそびえたつように見えた馬に「ロフティ」（高くそびえる）と名付けたのだ。

それからの穣は、雨が降っても、太陽がカンカン照りで気温が40度以上もあるような日でも毎日一日中農地で働いた。内陸の太陽の日差しは強く、穣の顔はすぐに真っ黒になった。日本から送ってもらった色々な種類の種子をまき、毎日水をやり、どの種子がナイアの地に合うのかを、見て回った。穣の情熱の注ぎ方は尋常ではなく、イチコは自分の夫は、過去にこだわらず、何にでも挑戦する人なのだと、改めて思った。実際、穣は、衆議院議員だった頃のことは一切言わなかったし、ましてやクイーン・ストリートに出した店のことを話すこともなかった。毎日穣が口にするのは、稲の出来具合である。

ナイアに来てから、イチコは、近所の農場の人と知り合いになった。近所と言えども、隣の農場までは歩いてゆうに30分はかかる。イチコは毎日家族のために料理を作るのに苦労をした。何しろメルボルンのように、色々な食材が手に入るわけではない。米だってメルボルンだったらお金を出せば買えたのが、スワンヒルでは、それもできない。近所の農家の主婦、ミセス・ジェンキンズに、イチコが悩みを話すと、

「料理の仕方を教えてあげるわよ」と気軽に言ってくれ、それから時々ジェンキンズ夫人のところに行っては、色々な料理の作り方を習い、メモに書き留めて帰った。イチコは習った料理はすぐに作ってみた。最初の頃は、肉を焼きすぎて焦がしてしまったり、ジャガイモがちゃんと煮えていなかったりと失敗が多かったが、1か月も過ぎると、ジェンキンズ夫人の教え方が上手だったせいか、イチコの料理の腕前は、メキメキ上がっていった。そのうち、時折訪れるオーストラリア人の友人からも、褒められるほどになり、子供たちからも料理上手のママとして誇りに思われるようになった。イチコの家には、今のようにガスが通っているわけではないので、穣が作ってくれたかまどで、薪を使っての料理だった。薪を使って料理を作るなんて、イチコにとっては生まれて初めての経験で、初めのころはなかなか薪に火がつかなくて顔が煤だらけになり、穣や子供たちに笑われることもあった。水だって今のように水道の蛇口をひねれば出てくるわけではなく、雨水をタンクにためたものを運び出して使うという重労働をしなければならなかった。イチコは料理をする際には菜箸を重宝していたが、家族は皆ナイフとフォークで食事をした。

ジェンキンズ夫人に誘われて、高須賀一家は、ここでも日曜日には教会にでかけるように

なった。教会には村中の人がほとんど来るので、人と知り合うのには絶好の場所だった。昇と愛子はすぐに同じ年頃の子供と知り合い、イチコ以上に社交で忙しくなった。イチコは、オーストラリアに来て1年たった今も、英語の会話は半分しか分からないので、どうしても人の輪の中に入っていくのは、気後れした。それでも世話好きのジェンキンズ夫人と知り合えたのはイチコにとって幸いであった。また、イチコにとってキリスト教の教えは、段々心の支えになっていった。

イチコは毎晩穰の米作りが成功するように、また子供たちが元気に成長してくれるようにとイエス様に祈るのが習慣になっていった。

1907年になった。昇もすでに7歳となり、小学校にあがる年齢となった。1月末の暑い夏の真っ盛りに、昇の小学校の入学式があった。この日のためにイチコは昇の学校の制服である黄色いTシャツと小豆色の短パン、そしてこれまた小豆色の帽子を用意した。イチコはその日の朝、昇に制服を着せて、ちょっと離れて眺め、目を細めて「ワンダフル」と感嘆した。大きくなった息子が誇らしくて、胸がいっぱいになった。長男の晴れの日と言うので、穰もこの日ばかりは仕事を休んで、イチコともども、入学式に参列した。後ろから、座っている子供たちを見ると、茶髪、赤毛、金髪といろんな色の髪の毛の子供がいて、昇の黒い髪の毛は目立った。昇のクラスに行くと、案の定、アジア人は昇だけだった。イチコは昇がクラスに溶け込めるだろうかと不安になった。子供たちは残酷な所がある。昇の前の席の男の子が、振り返って昇のほうを見て、両眼のはしを手でつりあげて、「チンチョン　チャイニーズ」とからかった。イチコは昇がどう反応するかとハラハラした。が、昇は怒った風もなく、平然とした顔で「僕はチャイニーズではないよ。ジャパニーズだ」と答えた。からかった子は、少し拍子抜けしたように、「ジャパニーズ？　なんだそれは」と言って、前を向いた。

　入学式が終わった帰り道、イチコは穣に「パパ、あの子が日本人だと言うのでいじめられなければいいけれど」と心配顔で言うと、穣は、「昇は強い子だよ。大丈夫だよ」と自信に満ちた声で言った。１か月もたつと、穣の言っていたように、イチコの心配は杞憂に終わった。うちにクラスメートを連れてくるようになったのだ。クラスメートたちは口々に「ミセス高須賀。ショーは、フットボールがうまいんだよ。先生もほめていたよ」とイチコに言った。オーストラリアの学校では、勉強ができるよりもスポーツ万能の生徒が崇められるのに、イチコは初めて気が付いた。昇は勉強もできたが、それよりもフットボールや、テニス、クリケットなどスポーツ万能なので、クラスの人気者になったのだ。昇は穣に似て社交的で物怖じしない子に育っていたのも人気者になった理由の一つだった。

　１９０６年に植えた苗も、あと１週間もすれば、稲刈りできると思っていた朝、田んぼを見た穣は愕然とした。稲の実がなくなっているのだ。目の錯覚かもしれないと思い、目をこすってもう一度見たが、穣の目の前の光景は変わらなかった。誰かに先を越されて稲が刈られたのだろうか？そんな奴がいるだろうか？なぜなんだ。そう思った穣の疑問は、すぐに答えが出た。隣の農地に近いところに羊が群がって、満足そうに口をもぐもぐさせている。羊に食べられたのだ。穣が血相を変えて羊を追い散らかそうとしたが、時はすでに遅かった。ほとんどの稲が食べられた後だったのだ。これには穣も意気消沈してしまった。半年必死に働いた苦労が水の泡となったのだ。

その日いつものように子供たちを連れてお昼ご飯を持って田んぼにやって来たイチコは、稲の実がなくなっている田を見て、びっくりしてしまった。そして、ぼんやりと田んぼを見ながらあぜ道に座り込んでいる穣を見つけ、走り寄った。

「パパ、どうしたの？何が起こったの？」

イチコの声に、ゆっくりと顔を動かしてイチコを見た穣は、

「見ての通り、羊にやられてしまったよ」と、苦虫をつぶしたような顔をした。

イチコは穣を慰める言葉がみつからないまま、穣の横に座って、黙って一緒に田んぼを眺めた。子供たちもただならぬ両親の様子を見て、

「パパ、ママ、どうしたの？」と心配顔で二人の顔を覗き込んだ。

「パパの作ったお米をね、羊が食べてしまったのよ」

「え？ お米を食べられたの？」と昇はショックを受けたようだった。愛子はまだ小さいので、何が起こっているのか分からない様子で、「どうしたの、ショー」といぶかしげに昇を見た。その日は夕日が真っ赤に空を染めるまで、穣とイチコは田んぼのそばに座ったまま、黙って田んぼを見ていた。

普通の人間だったら、根を上げて、日本に帰ることを考えたことだろう。今まで肉体労働もしたこともない40歳を過ぎた人間が、朝から晩まで、暑い日も寒い日も天候にかまわず一日中外で働き詰めの生活を余儀なくされたのだ。イチコも毎日疲れ果てて家に帰ってくる穣を見て、いつ「日本に帰ろう」と言い出すかと心の奥底で期待していたのだが、穣は失敗にひるむことなく、次の年の米作りのことに没頭し始めた。すぐに新たに日本から他の3種類の米の種子を嘉平に頼んで送ってもらった。今度は灌漑に強いと言われる種類であった。そして、イチコに言った。

「ナイアは、米作りには適さないのかもしれない。もう少し稲作に適したような土地を探してくる」と言って、いろんな土地を見て回り始めた。イチコは夫の不屈の精神に「この人は思った通り、ただ者ではないわ」と思った。

ある日、いそいそと帰った穣は、「いい土地を見つけたよ。今度の土地の周りには羊を飼っている農家はないことを確認して、地主のエリック・オライリーにも話をしてきた」とイチコに告げた。

「どこにある土地ですか？」

「ここから10キロ北に行ったところにあるピアンギルという所だ。65エーカー借りることにしたよ」と言う。65エーカーと言えば、ナイアの田んぼの2倍近い広さである。

「それじゃあ、また引っ越ししなければいけないんですね。まあ、引っ越しと言ってもたいした荷物はありませんが」とイチコは答えた。

イチコの言う通り、高須賀家の荷物と言えば、農具と衣類と台所用の道具くらいの物であった。だから、3頭の馬に荷台をつけて乗せれば、すぐに引っ越しができた。

ピアンギルに引っ越した穰は、またもや農作に没頭した。65エーカーいっぱいの土地に種子を撒いた。この年は、水不足だった。来る日も来る日も陽がかんかん照り、穰は近くの灌漑用の池から馬に水を運ばせ、水まきをするのに必死だった。スワンヒルの夏は乾燥していて、田んぼで働いている穰の体の水分は、ジリジリするような太陽の熱ですぐに吸い上げられ、気温は40度近くもあるのに、汗がでない。太陽の光はギンギンで、目がくらみそうになる。のどもすぐにカラカラになる。それでも頑張って、稲の収穫が間もなくできると喜んでいたやさき、異常に暑い日が続いて、稲がどんどん枯れて行った。穰は稲に水をやるのに一生懸命だったが、水を撒いても、水をやった先から乾燥した空気に吸い取られ、土地はカラカラに涸れひび割れた。そして、乾いた土はダストストーム（砂嵐）になって、稲を覆った。結局、穣の努力も空しく、65エーカー撒いて収穫した米は3袋にしかならなかった。その収穫できた米も、黒くなった米や緑色の状態の米も多く、ほとんど食べられなかった。

2年連続の不作である。手持ちのお金もどんどん減っていき、嘉平に仕送りを頼まなければいけないほど、困窮してきた。それでも、穣は、諦めなかった。

１９０８年の初め、高須賀家はついにビクトリア州政府と契約を交わして、ティンティンダー西に移り住むことになった。その時、最初の約束通り、政府から２００エーカーの土地を1エーカー当たり6ペンス、また永久借地権を3ペンスで借りる契約を結んだ。そのうえ、政府に5年間で５００ポンドかけて、土地の開墾をすることを約束させられた。本当はその時、穣は開墾にあてる５００ポンドのお金を持ち合わせていなかったが、どうにかなるだろうと思った。いよいよ、腰を据えて米作りに専念しなければならない。ティンティンダーに移った高須賀一家は杭を打ち付けた上に板を敷いただけの、縦4・5メートル横5・5メートルの一間しかない粗末な小屋に住むことになった。穣は嘉平にティンティンダー西に住むことになったので、また米の種子を送ってくれと手紙を出して頼んだ。今まで65エーカーしか耕作しなかったのが、これからは今までの3倍の面積もある２００エーカーの土地を耕していかなくてはいけない。今まで以上に種子が必要である。

嘉平からは、

「お前も大変そうだから、そちらに行って、少し手伝ってやろう」と、返事が来た。

イチコは、突然穣から義父がスワンヒルに来ると聞いて、戸惑いを隠せなかった。黒住教の布教師である嘉平は温和な人であったが、イチコは毎日舅の世話をしなければいけないと思うと気が重かった。一番気になるのは食事のことである。舅は松山藩の料理長だっただけに、口がこえている。自分たちはオーストラリアの食べ物に慣れて行ったが、舅の口にはオーストラリア料理はあわないだろう。米も味噌もここでは容易に手に入らない。かろうじて中国人が作ったしょうゆを手に入れることはできたが、中国のしょうゆは日本のより味が濃く、嘉平の味覚に合うかどうか、全く自信がない。それにもっと大きな問題は、一家が住んでいる小屋は、４人で寝泊まりするので精一杯である。舅をどこに泊めるかも大きな問題となった。

穣は、「父上にも僕たちと一緒に川の字になって寝てもらえばいいよ」とたいして心配する風もなく
「食べ物？父上には、日本料理を作る材料が手に入らないから、僕たちと同じ物を食べてもらえばいいんだ」と、こともなげに言う。

「それじゃあ、お義父さんには、そのように言って、納得してもらってくださいね」とイチ

コは、穣に嘉平との摩擦を避けるための仲介役を託した。

穣にそうは言ったものの、まずい料理を舅には出せない。イチコは、今まで以上に熱心にジェンキンズ夫人や教会で知り合った農夫の奥さんたちに、おいしい料理の作り方を聞き、ノートに書き留め、新しく習った料理は家に帰って試し、料理の腕にますます磨きをかけた。

ティンティンダーに移住した穣の最初の仕事は堤防を作ることだった。ここは洪水地帯として知られるところなので、小川のそばに堤防を作ることが急務となった。２００エーカーもある土地を守るために作る堤防には７００ポンドのお金が必要なことが分かったが、穣にはそれだけの資金がなかった。ともかく自分でできるところは自分でやっていこうと、毎日３頭の馬に土砂運びをさせ、川の両側に堤防を作るのに余念がなかった。

嘉平は穣にオーストラリアに来ると手紙を寄こした2か月後に、種モミ15袋を持って、ティンティンダーに現れた。穣は嘉平をスワンヒルの駅まで馬で迎えに行った。そのあとすぐに穣に与えられた土地を見せると、その広大さに目を丸くしたが、それ以上に穣が荒れ果てた土地をどう開墾するか、心配顔であった。家で待っている家族のところに案内する道々、穣は、嘉平にイチコの不安を伝え、「寝るところは、僕たちと一緒に川の字になって寝てもらう以外ないんだ。それに日本のような食べ物は調味料が手に入らないからオーストラリア風の食べ物で我慢してください」と言うと、「そんなことはかまやせんよ」と、嘉平はイチコの心配を気にする風もなかった。嘉平たちが家に着くと、「お疲れだったでしょう」とイチコが笑顔で出迎えた。昇と愛子が「おじいちゃん、こんにちは」と挨拶をすると、嘉平は嬉しそうに目を細め、「二人とも大きゅうなったのう。これは土産じゃ」と、昇には凧やコマ、愛子にはきれいなお手玉を渡した。二人は「おじいちゃん、ありがとう」と嬉しそうに言ったものの、そのあとの会話が続かない。結局昇も愛子も簡単な日本語しか話せず、それからも祖父と孫とのコミュニケーションがうまくいったとは言えなかった。嘉平の言っている日本語が分からない時は、二人とも困ったような顔をしてイチコを見るので、イチコが二人の通訳をしてやることも多かった。

愛子はもらったお手玉を持って、「ママ、これ、どうやって遊ぶの」と聞くので、イチコは、オーストラリアに1歳半で来た愛子がお手玉を知らないのは無理はないと、初めて気づいた。「こうやって、遊ぶのよ」と、3つのお手玉を器用に操ってみせると、昇も愛子も目をまん丸くして、「ママは、なんでもできるんだね」と手を叩いて喜んだ。それからは、時々昇と愛子にねだられて、イチコはお手玉の披露をするようになった。

嘉平は早起きだった。まだ薄暗いうちに起きて、朝日が昇ってくる頃には、庭に出て、朝日に向かって祈りを捧げるのが日課だった。黒住教では、朝日を拝みながら祈ることが一番重視されていたので、布教師だった嘉平は、日本にいる時からの習慣を守っていた。朝の祈りを終えて家に帰ってくると、今起きたばかりと言う顔のイチコを見て、「オーストラリアの日の出は壮大じゃのう。山一つない平原が朝日に照らし出されると、神々しい感じがするのう。神様はどこにでもいらっしゃる。ありがたいことじゃ」と言った。

嘉平は穣と似ていて、好奇心の塊で、新しいものにもあまり抵抗を見せなかった。イチコがジェンキンズ夫人に教えてもらって作ったイチゴのジャムを朝トーストと一緒に恐る恐る出すと、「これはなにかね」と聞き、イチコが「ジャムと言って、イチゴを砂糖と一緒に煮込んだものです」と答えると、たっぷりジャムをトーストにつけ、「これは、うまい」と、おいしそうに食べた。そんな嘉平を見て、イチコはホッとし、良い舅を持ったものだと、改めて思った。

穣はそれからは嘉平に手伝ってもらって、堤防作りに専念し始めた。稲を植える前に、まず堤防を築いて、洪水対策を施す必要があった。来る日も来る日も堤防を築いた。200エーカーの土地は広く、堤防作りはいつ終わるとも知れなかった。やっと穣の土地の一部に種子が撒ける状態になったときはすでに真夏になっており、種子をまく時期はとっくに過ぎていた。そのため、1908年は、また米の収穫は、あきらめなければいけなかった。

1909年の初め、嘉平は日本に戻ったが、嘉平の協力のおかげで穣は40エーカーの土地を土手で囲むことに成功し、ようようの思いで、コメの種子を植えた。穣は今年こそは成功させるぞと勢い込んでいたが、ある日大雨が降り、堤防が心配になり、イチコの止めるのも聞かず、横殴りの雨に打たれながら、田んぼに駆け付けた。そこで見たのは、1年近くかけて作った堤防が無残にも崩れており、崩れ落ちた堤防から流れ込んだ水に、稲の苗が完全につかっている光景だった。翌日雨が上がった後、改めて見に行くと、作物は全滅だった。被害は作物だけでなかった。穣たちの住んでいた家も水に押し流され、ナイアに避難するはめに陥った。この時になって、初めて穣は一人で米作を成功させるのに自信を失った。だからと言って、米作りをあきらめたわけではなかった。嘉平が日本に帰る前に言っていた言葉を思い出した。

「お前ひとりで米作りしようというのは、やっぱり無茶じゃ。何しろ、お前は日本で百姓をしたわけではないんじゃから。日本から二人ほどワシの知っている米作りの上手な百姓を呼び寄せて、共同でしたらどうじゃろ？」

一人で作る自信はなくなったが、専門家に手伝ってもらえば、できるかもしれない。早速嘉平に専門家を紹介してもらい、その人たちのビザが取れるように、ビクトリア政府に手紙を書いた。オーストラリアの米作りに貢献をしたいということを強調した。

半年待ってきた返事は、

「白豪主義の政策に基づき、日本人の入国を認めません」と言うものだった。穣の情熱も白豪主義政策を打ち破ることはできなかった。

穣はまた孤独な戦いを続けなければいけなくなった。

イチコは今度こそ、穣が日本に帰ろうと言い出すのではないかと、毎日穣の様子を見ていたが、穣は黙々とティンティンダーで堤防の修復に専念した。

1910年となった。昇に続いて、愛子も1月末から小学生になり、二人は仲良く一緒に通学することになった。イチコは昇が小学校に入学した頃、日本人だからといじめられるのではないかと心配したが、愛子の入学は手放しで喜んだ。すでに、村の人たちとは皆顔見知りで、愛子もすでに友達がいて、いじめられる心配はなかった。

穣は、ナイアにも1・75マイルの堤防を作って、1エーカーの田を作り、そこに米の苗を植えつけた。米作りを始めてすでに4年の歳月が流れていた。今年こそはと、穣は勢い込んでいた。しかし、この年も幸運の神には見放された。毎日降り続く雨の嵩がどんどんあがり、またしても穣が苦労をして築いた堤防が破壊されてしまったのだ。水浸しになった稲を見て、穣は泣いた。何とか、救える稲はないかと稲を引き抜いて回って、やっと次の年に撒くモミだけは確保した。穣は稲作を諦めたわけではなかったのだ。しかし、ナイアの土地もティンティンダーの土地も水浸しで、来年も稲作ができそうもない。そこで、近くの小高い土地にあるハンガーフォード家の土地を借りる約束をして、何とか来年の見通しつけて、穣は安堵した。

来年の米作りに関して段取りも整った、そんなおり、イチコは突然物が食べられなくなった。大好きだった魚も、臭いをかぐだけで、吐き気がしてきた。料理を作っている最中にもウッと来て、料理を中断しなければならないことも出てきた。イチコは、昇や愛子を妊娠した時のことを思い出した。そして、穣に妊娠したらしいとおそるおそる告げた。今は日本からの仕送りで何とか食べていっているが、貧乏のどん底状態の中での子供の誕生は、穣には昇や愛子が生まれてきた時ほどの喜びは、湧かなかった。イチコは穣以上に不安に陥った。お金がない事も不安であったが、それ以上に昇の時も愛子の時もイチコの母親が手伝いに来てくれたが、ここでは、手伝いを頼める人もいない。心細かった。お産に関してここで頼れるのはオーストラリア人の産婆さんだけであるが、イチコは産婆さんとどれだけ英語でコミュニケーションできるか自信がなかった。イチコはおなかが膨らみ始めた6月の寒い日、穣に連れられて初めてオーストラリア人の産婆さんに会いに行った。40代とみられる産婆はおしゃべりだった。

「20年の経験があるから、安心して私に任せてください。スワンヒルの子供たちの半分は私が取り上げたようなものよ。でも、中国人の赤ちゃんを取り上げるのは初めてだけどね」そういって、イチコのおなかを撫ぜたり抑えたりしながら、「大丈夫。順調に育っているわ」と太鼓判を押してくれた。スワンヒル近郊に住み始めて4年になる今でもスワンヒルでは、高須賀一家を中国人とみている人が多かった。「中国人」と言われるたびに、最初は「日本人です」と訂正していたが、4年もたつといちいち訂正するのが面倒になって、中国人に間違えられても敢えて否定しないことにした。

「産気づいたら、いつでも知らせて。ティンティンダーくらいなら、スワンヒルからそんなに遠くないから行けるから。中には誰も家にいない時に急に産気づいて十キロも歩いてきた妊婦さんもいたわ。その人、破水も始まっていたから難産だったけれど、無事に生まれたことがあるわ。でも、そんなことにならないように、ご主人は出産予定日が近づいたら家を空けないようにしてくださいね」と穣に念を押した。

11月14日の真夜中11時半ごろ、イチコは産気づいた。穣は真っ暗な道を馬を駆り立ててすぐに産婆を呼びに行った。すでにお産の経験のあるイチコは、産婆さんが来た時には、すでに気張っていた。産婆が来て間もなく大きな産声が聞こえた。時は11月15日の朝になっていた。産婆さんは、まだ羊膜がついた赤ん坊をお湯で洗っていたが、急にはっとしたように洗う手を止めた。そばで見ていたイチコは不安になって聞いた。

「どうかしたんですか？」と聞くと、不安そうに産婆が答えた。

「この子、お尻が青くなっているわ。どうしたのかしら」

それを聞いて、イチコは苦笑いしながら答えた。

「きっとそれは蒙古斑点ですよ」

「蒙古斑点？」

「ええ、日本人の赤ん坊にでてくる斑点です。大きくなれば自然に消えていくんですよ」

白人の赤ん坊しか取り上げたことのなかった産婆さんにとっては、初めて見る斑点だったのだ。

そのあと、体を洗って毛布にくるまれた赤ん坊に、穣と昇、愛子は対面した。穣に赤ん坊を渡しながら、産婆さんは「元気な男の子ですよ」と言った。髪が黒々生えて、猿のように顔を真っ赤にして泣く赤ん坊を見たとたん、穣はそれまでの不安が吹っ飛び、親となった喜びが心の底から湧き出てきた。昇も愛子も「ちっちゃい手だね」などと言って、争うように赤ん坊を抱きたがった。この男の子は、万里雄と名付けられた。日本を知らない息子の誕生だった。

1911年のお正月は、日の出を仰ごうと穣が言いだし、皆早く起きて、庭に出た。生まれたばかりのマリオを抱いたイチコと、昇と愛子は穣の傍らに立って、まだうす暗い地平線に目をやった。すると、地平線の一点がオレンジ色に光り始め、その点が徐々に空一面に輪を描くように広がって明るくなっていく。イチコは、少しずつ太陽が姿を出し始めたのを眺めていると、いつだったか嘉平の言った言葉を思い出した。「オーストラリアの日の出は壮大じゃなあ。神様はどこにでもいらっしゃる」イチコは、段々明るくなっていく田んぼを眺めながら、「今年こそは、パパの苦労が報われますように」と心の底から強く祈った。穣も頭を深く垂れていたが、イチコと同じ思いだったに違いない。「今年こそは、米を収穫することができますように」と。

その年も、穣の毎日は堤防づくりと米の試作に費やされた。穣の家の周りは石油の空き缶だらけになった。その缶には嘉平が送ってくれた様々な種類の米の種が植えられていた。穣は来る日も来る日も、どの種類の米のできがよいか観察し、メモしていった。日に日に大きくなっていく苗もあれば、全く芽を出さない種もあった。

そんなある日、郵便屋が電報を持ってきた。日本からだった。穣が、逸る気持ちを抑えながら、電報を読むと、

「カヘイシス」と書かれていた。父、嘉平が死んだと言う電報の意味を理解するまでに時間がかかった。

嘉平と別れて1年もたっていなかった。苦難の連続でくじけそうになる穣の気持を支えてくれたのは嘉平だった。「いつか、成功するよ」と、自分に絶大の信頼をよてせくれた父。その父がいなくなったなんて信じられなかった。しばらく呆然としていたが、嘉平の死が現実

のものとして心にどしんと響いてくると、穣は、いたたまれなくなって、その場にうずくまって号泣した。イチコは、そんな穣を見るのは初めてだった。イチコは、穣の肩を後ろから抱いて「パパ、松山に帰りましょうよ」とつぶやくように言った。嘉平が亡くなったとなれば、高須賀家の土地の管理をしてくれる者がいなくなり、仕送りも望めない。イチコは、後ろ盾をなくしてしまった今、これ以上オーストラリアにとどまって、苦労をすることはないと思った。しかし、気を取り直した穣は、イチコの提案に首を縦に振らなかった。

「いや、父上は米作りが成功すると信じてくれていた。途中で挫折して父上を失望させるようなことはしたくない」

「でも、長男のあなたがお葬式をださなくては…」

「父上が死んだのはもう1週間も前のことだ。それに今からメルボルンに出て船に乗って日本に帰るのには1か月以上もかかる。今更日本に帰っても遅い。葬式は米五郎叔父さんが、出してくれるだろう。おじさんにこれからの高須賀家の土地や家の管理を頼んでみるつもりだ。それに、日本に帰ろうにも船賃がない」

そう言われると、イチコもそれ以上のことを言えなかった。

それから穣は今まで以上に米作りに没頭するようになった。少し大きくなった苗を6メートル四方の田に移し替えて、成長を見守った。苗は25種類にものぼった。

苗が成長する間、穣は堤防作りを続けた。測ってみると3マイル（5キロ足らず）の堤防を作る必要があるが、自分が借りた田に必要な堤防は1・5マイルで、後は公用地であることが判明した。穣は早速土地省に手紙を書いた。

「米作りを成功させるためには、3マイルの堤防を作る必要がありますが、私の借地はそのうち1・5マイルだけで、後の1・5マイルは公用地であります。つきましては、堤防を作る費用の半分は、そちらで負担していただきたいと思います」

土地省では、穣の手紙を受け取る前から堤防を作る必要は感じていたが、高須賀の借地が障害になっていた。しかし、穣は自分の周りの堤防は自分で作ると言うので、穣の手紙を受け取った後、高須賀家の周囲の入植予定地の堤防を作る準備を始めた。

穣が毎日見守っていた25種類の稲のうち、3種類の米がどんどん成長していった。その米の名前の一つは、カヘイと名付けた。穣を全面的に応援してくれた亡き父の名前である。そしてあとの二つは、「日照り知らず」「神力」と名付けた。

そして、ついに、米を収穫することに成功した。たおやかに実った稲の穂が一面に広がる田んぼのまん中に立ち、穣とイチコは苦労の結晶を感慨深く眺めた。洪水、灌漑、羊に食べられるなど、苦難の連続だったのが、初めて米作りに成功したのである。穣は小麦の刈り入れ機を借りてきて、一気に刈り入れをした。ところが脱穀機は小麦用の脱穀機が使えない為買わざるをえなかった。25ポンドもしたので、高須賀家にとっては多大な出費だった。脱穀機が届いたその日から、朝から晩まで機械の音が響き、家の中までその音が届いたが、普段は不快な音だと思われるはずの、ブーンという音が、イチコの耳には快く感じられた。やっと自分たちの苦労が報われた。初めてできた米なので、精米したあと一家が一度だけ食べれる分だけは残して、後は売ることにした。

精米された米が届けられた晩、イチコはその米を焚いて、夕食に出した。高須賀家では、スワンヒルに来てからご飯を食べたことがなかったので、子供たちは物珍し気に、食卓に置かれたまだ湯気を立てている炊き上がりの白いご飯を見た。「いただきます」と言って一斉に食べ始めた。イチコがご飯を一口とって口に入れてゆっくり味わいながらかむと、やわらかい甘みが口の中に広がっていった。イチコは思わず「パパ、とってもおいしいわ」と、穰の顔を見た。穰も満足そうにうなずき、おいしそうにご飯をほおばった。子供たちも「おいしい」「おいしい」と連発させながら、ご飯をかきこんだ。イチコは久しぶりに幸福な気持ちに満たされた。

その年、米を売って得た収入は119ポンドであった。わらで敷物を作ったり、屋根ふきに使ったり、もみ殻は家畜の飼料にもし、一切無駄を出さないように使った。

1912年がやってきた。5月に入って、米作りを成功させたので、政府からの借地は、そのまま続けられると信じていた穣に、土地省から通達が来た。

「土地省では埋め立て計画をすすめているが、この計画が完成するまで、第47貸付地の永久貸与は考慮されませんので、その旨通知いたします。また堤防設立のために350ポンドの援助の申請がありましたが、貴殿は、借地契約に示された年間100ポンド増加という成果をあげてはいない為、援助はできません」

穣の期待を裏切る通知だった。

穣は、もっと米作りの成果を上げることによってのみ、土地省を動かすことができると確信し、更なる米作りの成果をあげることに熱中した。そんなある日、メルボルンを拠点としたエイジという新聞に、下記のような記事が掲載された。

「日本人によるコメの試作
マレー川で1エーカーあたり20ポンドの収穫をあげる。

ナイアのマレー川流域で日本人農夫高須賀氏により栽培された試作米が、昨日農業省に受理された。高須賀氏は過去4年間、25種類のコメを用いて200エーカーの土地の一部で試作をおこない、土地の灌漑を行った場合、カヘイとシンキリを含む3種類がうまく育つということを証明した。高須賀氏が同省の主任担当官テンプル・スミス氏へ提出した報告によると1エーカーあたり1トンの収穫が可能で、市場価格は1トンにつき20ポンドで支出は人件費を含めて1エーカーあたり7ポンドである。貸付地は粘土質の土壌で、日本で稲作に最適な土地と極めて近いとされている。スミス氏によるとマレー川下流域にこの種の土地が何千エーカーも広がっているとのことである。

コメの収穫は小麦と同じ方法で行われるが、脱穀作業には特殊な機械が用いられ、この機械の価格は約25ポンドである。ナイアのヨーロッパ人入植者の中には高須賀氏の成果を知って、稲作に着手しようとする人々もいる。この試みにより農業経営者は1エーカーについい、現在の1ポンド10シリングから13ポンドという収益の伸びを期待することができるとされている。スミス氏は稲作についてさらに検討をする意向である。試作脱穀米は実が詰まっていて見た目にも良い。スミス氏はオーストラリア連邦のコメの輸入は年間8万3千ポンドに相当すると述べている」

この記事で、穣は一躍有名人となった。通りかかった穣を捕まえて、今まで見たことのない人まで、「あんたが穣か。米作りをしているんだそうだな。新聞に米作りは収入が良いと出ていたが、やり方を教えてくれ」と言って、穣を驚かせた。熱心に聞かれると、やり方を教えることもあった。

「まず1エーカーの土地に50キロくらいの種子を、手で植えるんです。勿論小麦のように散布することも可能ですが。植えるときは、一箇所につき3つから4つずつ35センチくらいの間隔をおいて植える必要があります。そのあとは、肥料を定期的にやりますが、私の場合は肥料にはブラッド・アンド・ボーン（動物の血と骨を乾燥させ、粉状にしたもの）や石灰を使います。一番大切なことは、たくさんの水を与えることですよ。定期的に灌漑をする必要があります」

これだけ説明すると、たいていの農夫は、大変な労力を要することに驚いて、自分も米作りをやろうと言う人は余りいなかった。小麦なら、すべてが機械化しているので、労力は、米作りほどいらなかったのだ。

穣はもう一度土地省に手紙を書いた。土地の永久保有権の確保も大切だったが、堤防だけでも作らないと、米はできない。堤防を作る資金の援助だけでもしてもらいたかった。しかし土地省から来た返事は前回と同じであった。

「貴殿とは年間100ポンドの資金を土地改良に費やすと契約を交わしたが、貴殿はこの5年間で500ポンドも使ってはいません。よって、貴殿の申請する永久保有権は認められません」

この手紙を読んで、穣はティンティンダーだけで米作りをするのは危険だと判断した。堤防ができない限り、今まで通り洪水に見舞われ、稲がダメになってしまう可能性が高い。これまでのように失望の繰り返しはごめんだ。だから、ナイアでまた耕地を借りて、そこで実験を続けることにした。幸運にもホブソン家の耕地とモール家の耕地を3年間の約束で借りることができた。そこでも、「カヘイ」「日照り知らず」「神力」の3種類の米が群を抜いてよく育った。

1913年、穣はティンティンダー西の5エーカーの土地に、高須賀米と改名したカヘイと、新たに改良してできたエヒメの2種類の米の種子を植えた。すると、1エーカー当たり1トンのコメを収穫することに成功した。袋に入れると、60袋にもなった。1トン20ポンドで取引したコメの代金は100ポンドだった。1912年の収入より、少なめであったが、まずまずのできであった。

この年の10月、一家はスワンヒルに移った。引っ越しは簡単であった。それまでの困窮生活で家財道具がほとんどなかったからである。

12月に入り、クリスマスが近づき、学校も終わりに近づいた頃、一家に嬉しいできごとがあった。愛子が小学校を首席で卒業したのだ。お提髪を、両耳の脇でリボンをつけた愛子は、愛らしく見えた。卒業式に参列した穣とイチコは、首席として名前を呼びあげられ、卒業生代表として、お別れの言葉を読み上げる愛子を誇らしげに目を細めて見た。愛子は頭の良い子で、特に英語が得意だった。だから、イチコが日本語なまりの強い英語を言おうものなら、すぐに「ママ、そうじゃないわ。こうよ」といちいち注意した。イチコはそんな愛子を頼もしいと思うと同時にうとましく思うこともあった。「日本では親に文句を言うなんて、考えられないことだわ。それなのに、この子ったら」と心の中でぶつぶつ思うこともあったが、今日は、頭の良い娘を持ったことが、ただただ嬉しかった。

卒業式の後、担任のミス・クラークが穣とイチコを呼び止め、

「愛子さんは成績が優秀なだけではなく、しっかりしていて、リーダーになる素質をもっています。これからも勿論中学で勉強を続けるんでしょうね。きっと彼女のことだから、中学校でも優秀な成績を収めると思いますよ」

「ありがとうございます。でも、先生のご期待に添えるかどうか」と、穣もイチコもお茶を濁した。と言うのは、昇と愛子の二人を同時に中学にやれる経済的ゆとりがなかったのだ。どちらかを中学に行かせるのを諦めなければいけない。どちらを諦めさせるか。昇か愛子か。穣にもイチコにも、愛子を諦めさせるのが当然のことと思えた。何しろ愛子は女でどうせ誰かと結婚する。だから学問なんか必要なかったが、昇は長男で、高須賀家を継いでいかなければいけないのだ。

愛子の卒業式の3日後、愛子もマリオも寝た後、昇が改まった顔をして、「パパとママに相談したいことがあるんだけれど」と言った。昇は中学2年生だったが、中学生にしては大人びたところがあった。イチコは昇の思いつめたような顔を見て、少しドッキリした。好きな

子でもできたのかしら？それともどこかに行きたいって言うのかしら？

昇は穣とイチコの前に座ると、「僕、学校をやめようと思うんです」と言った。イチコの知っている限り、昇は勉強嫌いではない。むしろ勉強は好きなようだった。勿論勉強以上にスポーツが得意だったのは確かだが、学校をやめたいなんて言い出すとは思いもかけなかった。クラスでいじめにでもあったのだろうか。イチコは昇の真意がよくつかめなかった。

「どうしてなんだ」と、まず穣が聞いた。

「だって、うちは貧乏で愛子と僕と二人を一緒に中学にやるお金なんてないでしょ。愛子は勉強好きで、首席にもなったんだ。うちが貧乏だからって、愛子に中学校に行くななんて言えないでしょう。僕か愛子かどちらかしか中学に行かせられないと言うのなら、愛子を中学に行かせるべきだよ」

「しかし、お前は長男でこれからも高須賀の家を継いでいかなければいけないんだ。中学を退学するんて、絶対許さん」

イチコは昇と穣のやり取りをそばで聞いていて、悲しくなった。妹思いの昇は愛子の将来を心配している。それなのに親の私たちは、愛子を小学校でやめさせなければいけないことを余り重大な問題だとは考えていなかった。自分も結婚する前に、女は学問しなくても良い、いいや、下手に学問をすると小賢しい女になって、結婚するとき支障を来すとまで、母に言われたことがある。だから愛子は小学校さえ行かせれば十分だと思っていた。でも、確かに昇の言うように勉強好きな愛子の気持ちを無視するのは、心苦しい。

「学校をやめると言ったって、学校をやめてどうするっていうの？」と聞いた。

「働くよ。パパの手伝いをもっとしたいし、近所の農家で手伝えば、手間賃も稼げる」

「じゃあ、勉強はやめるというの？」

「通信教育を受けようと思うんだ。それだったら、夜勉強すればいいのだから、昼間働くこともできる」

イチコは昇がそこまで考えているとは思いもしなかったので、すぐには返事ができてこなかった。穣も腕を組んだまま難しい顔をして黙っている。しばらくの間沈黙が流れた。そして、穣は決心したように言った。

「いいだろう」

「え、本当にいいんですか？」イチコは穣がこうも簡単に許すとは思わなかったので、あっけにとられていった。

「その代わり、通信教育でちゃんと中学は卒業するんだぞ」

昇は、大きくうなずいて、「はい」としっかりした声で答えた。

昇が寝た後、イチコは

「パパ、本当に昇に学校をやめさせていいんですか？」と言うと、穣は
「あいつも大人になったなあ。妹のために働きながら通信教育を受ける気になったんだぞ。最初は驚いたけれど、これから僕もあいつに色々教えられることが多くなると思うと、ちょっと嬉しい気もしたんだ」と、苦笑いをした。

「まあ、パパったら」と、イチコは笑った。イチコも「昇は本当に思いやりのある、いい子に育ったわ」と満足であった。

明日はクリスマス。家族そろってクリスマスの礼拝に行くことが慣例となっている。明日もいい日になりますようにと、イチコは神様にお祈りした。

１９１４年になった。この年の新年も一家は朝早く起きて初日の出を拝み、今年も良い年になるようにと一心に祈った。クリスチャンであるにもかかわらず、高須賀家の人にとっては、初日の出を拝むことには何の矛盾も感じなかった。お正月に日の出を見て拝むと言うのは、嘉平が来豪して以来の慣例になっていた。

この年から、昇は近所の農家の手伝いに出かけて、駄賃をもらってくるようになった。もらった駄賃の一部はイチコに渡し、愛子の学費に使ってくれと言った。愛子は、昇が自分のために進学を諦めたことを申し訳ないと思ったのか、今まで以上に勉強に励むようになった。

しかし、勉強すればするほど、イチコの英語に対する批判が激しくなり、イチコとしては少々

へきへきした。それまでは発音に対する批判だったのだが、文法批判も始まったのだ。

穣は米の苗の種類を54種類に増やして、品種改良に励む一方、綿やブドウの試作も始めた。去年までは米の種子は手で植えたのだが、この年は小麦の種まき機を使って、種を撒いた。商業用の米生産を目指したのだ。14歳になった昇は、背の高さも穣を越えるほどたくましくなり、穣の片腕として頼もしい存在となった。昇は近所の農家の手伝いに行くようになったが、手伝いに行かない日は、穣のそばで、米作りの助手をし始めた。今まで何でも一人でやらなければいけなかった穣を、昇が手伝ってくれるので、仕事ははかどった。昇は昼間は農作業、夜は通信教育の勉強と忙しかったが、ナイアクラブに入って、シニアフットボールを始め、めきめきと能力を発揮して、すぐにフットボール選手としてチームに欠かせない存在となった。昇の得意なスポーツはフットボールだけにとどまらなかった。テニスも泳ぎも得意であった。スワンヒル地区のテニス大会に、昇は友達から勧められて、参加することにした。忙しくて余り練習する暇がなかったので、自分でもあまり期待していなかったのだが、シングルスで優勝した。優勝杯を片手に家に帰ったときは、穣もイチコも驚いた。確かに昇はスポーツは万能だったが、テニスで優勝するとは思わなかったからだ。スワンヒルの地方新聞には、昇が優勝杯を誇らしげに高々と掲げた写真入りの記事が載り、穣もイチコも鼻高々だった。

この年は皮肉なことにテインテインダー西は水害に遭い、スワンヒルは反対に水不足に見舞われた。スワンヒルは、かんかん照り付ける灼熱の太陽のもとで、人地が干上がってしまった。ビクトリア州河川・水質委員会から配給された水では、10エーカーの苗にしか水をやることができなかった。穣は50エーカーの土地に54種類の米を植えたのだが、40エーカーの米はあきらめざるを得なかった。この年は10エーカーから120袋の米を生産することができた。穣はできた米のサンプルをメルボルンのプランニング専売公社というメルボルンにある製粉業者に送った。すると、高須賀の米は加工に最適だから、これからも定期的に供給してもらえないだろうかと嬉しい問い合わせが穣のもとに届いた。しかし定期的に供給できるかどうかとなると穣にも自信がなかった。安定した収穫を得ようと思うと、どうしても政府の援助が必要だった。

穣は、また政府に大規模な稲作支援依頼の手紙を書いた。政府は手紙を受け取ったと言う返事は寄こしたが、支援するかどうかに関しては、何も言ってこなかった。この頃、穣の知らないところで、政府には、穣の米作りを見捨てる動きが出てきていた。それは、アメリカの灌漑専門家であり、ビクトリア州河川水質委員会の委員長である、エルウッド・ミードが、アメリカの米作りを紹介し、アメリカの米を、オーストラリアでも耕作することを考えていたからだ。その頃、アメリカでもアジアの移民が増えたため米の需要が増え、米作りが盛んになっていたのだ。穣の土地も回収しようと言う動きがでていたのを、穣は知らなかった。ただこの年は第一次世界大戦によって、アメリカとの海運航路が遮断されたため、アメリカから米の種子が手に入らなかった。そのため、農業省は、米作りに興味を持ったビクトリア州在住のアメリカ人、C・H・スティーブンスから米作りに関して問い合わせが来たとき、高須賀米の試作を続けるようにアドバイスをした。

穣はニューサウスウエールズ州の農業省の管理しているヤンコーの試験場にも、高須賀米の種子を提供することにした。その時、穣は米作りの方法を次のようにアドバイスした。「コメは小麦用の機械を用いて広い土地で栽培することができます。唯一の相違点はコメには灌漑が必要だということです。種子はドリルで撒くことも散布することも可能です。面積が広い場合、収穫は刈り取り機およびバインダーで行い、数日乾燥させてから脱穀します」

ヤンコーまでの米の種子を運ぶ役を引き受けたのは、14歳の昇である。穣は、小さなダグラスのオートバイを昇に買ってやり、種もみの入った袋を後ろの荷台に乗せた。種もみの重さはおよそ45キロある。後ろの荷台が重くて、重心がとりにくい。ヤンコーまで4百キロもある舗装もされていない道を小さなオートバイで走らなければならないことを考えると、ひっくり返ることも十分ありうる。イチコは、「昇はまだ14歳なのに、そんなことをさせて大丈夫なのですか？」と穣に抗議した。穣は、イチコの抗議にとりあわず、昇までが、「大丈夫だよ。ママは心配性なんだから」と笑った。昇からそう言われると、抗議するのは無駄だと諦めた。砂埃を立てて、オートバイで遠ざかっていく昇の後姿を、イチコは穣と一緒にいつまでも見送った。

その晩は昇の安否が気遣われてなかなか寝付けず、イチコは「昇が無事でありますように！」と神様に祈った。そうすると、気持ちが少し落ち着いた。イチコの不安は、翌日昇が帰ってきて、初めて解消された。

「ヤンコーの人が、高須賀米の種子で、初めて米を試作すると言っていたよ」と、昇から聞くと、穣は少し今までの苦労が報われたように思えた。やっと、オーストラリアの農業省にも一目置かれる種子を作ったのである。代金ももらえた。イチコはこれでやっと暮らしにゆとりができるかと思っていると、穣がとんでもないことを言い始めた。

「種子の100ポンド（およそ45キログラム）の売上代金は『ベルギー救済基金』（The Lord Mayor's Belgian Relief Fund）に寄付するよ」

1914年と言えば、第一次世界大戦の真っただ中。ドイツに攻撃されて危機に陥っているベルギーを支援しようと始められた基金だった。オーストラリアは英連邦の国なので、英国に加担し、オーストラリアの若者も多くが志願兵となって、ヨーロッパに渡っていた。ちなみにこの時は日本も日英同盟を結んでいたため、同盟国として、戦艦伊吹が、エジプトのアレキサンドリアまで、オーストラリア兵を乗せた英豪海軍の軍艦2隻の護衛をした。

イチコは、暮らしが豊かならば、寄付をすることも納得がいくが、苦しい生活の中で多大な寄付をするのは納得がいかなかった。真っ向から反対するようなことは言わなかったが不満だった。穣は、衆議院議員をしていた時から、義侠心の強い男だった。困っている人がいたら、手を差し伸べずにはいられない性格だった。それに父親が士族だったせいか、お金に対する執着が極端になかった。自分たちは今まで通り、日本から仕送りがあれば、何とか生活ができる。そう思って、救済基金に多大なお金を寄付したのだが、このことは新聞にも報道され、スワンヒルの人で彼の名前を知らない者がいなくなった。町中の人から、それまではただの変わり者とみられていたのが、尊敬の目で見られるようになった。穣にとって、これはお金にも代えがたい貴重な財産となった。最初は不満を胸のうちに秘めていたイチコだったが、町中の人の高須賀家の人を見る目が変わったことを目の当たりにするたびに、穣の決断は正しかったんだと思えるようになった。穣は、決して他人からの賛辞を期待して寄付したのではなかったのだが。

このニュースを聞いて、新聞記者が来た。そして二人がたおやかになっている稲の田の中に立っている写真を撮ってくれた。１５０センチにも満たない小さなイチコも、そのイチコと大して背の高さが違わない穣も、この時ばかりは大きく見えた。この写真は、新聞にも報道された。このときイチコが着ていた緑色のコートは、この晴れの日のためにイチコが縫ったものである。穣は燕尾服を着ており、胸ポケットの白いハンカチが際立った。

年が明け、1915年になった。穣たちがオーストラリアに来て、すでに10年の歳月がたった。穣はこの年で50歳になる。イチコは40歳。このころの日本人の平均寿命は43歳だったから、二人とも老齢といえる。普通なら、隠居をするところであろうが、この年も穣はスワンヒル灌漑地に借りた50エーカーのうち10エーカーに、自分に割り当てられた水を使って、米作りに励んだ。この年も干ばつであったが、一分に水を引いて灌漑したので、この10エーカーで、この年も120袋の米を生産した。これで、3年連続、米作りに成功したことになる。この年、米を売ってできた収入は、230ポンドだった。

1914年の実りの中で（高須賀穣とイチコ）　写真提供：高市聡氏

農務省はニューサウスウエールズ州にあるマーランビッジー（Murrumbidgee）灌漑地区のヤンコーで初めて穣から買い受けた種をまいて試作を始

めた。

米作りに成功したのだから、ティンティンダーの永住保有権は認められるだろうと思っていた穣は、土地省から思いもかけぬ通知を受けた。

「ティンティンダーで米作りを続けようとすると、給水設備の問題をはじめ、柵作り、開墾、堤防設立が必要となります。ですからティンティンダーでの米作りは断念し、スワンヒルで耕作を続けられるほうが賢明かと思われます。

また、ティンティンダーの貸付地に対して、年間１００ポンドの資金を投入すると言う契約でしたが、ティンティンダーを調査した調査官の報告によると、ティンティンダーに建てられた家屋は10ポンドの価値しかないと査定されました。また貴殿が作ったと言う2—３マイルの土手は、全滅状態にありました。そのうえ、土地は荒廃していて耕作はできそうもないとの報告受けました。よって、ティンティンダーの永久保有権を認めることはできません」

要するに、土地省は穣にティンティンダーの地を諦めるように説得し始めたのだ。

土地省としては、第一次世界大戦の復興計画の一部として、ティンティンダーをヨーロッパからの移民の入植地にしようと言う思惑があったのは前にも言ったとおりである。

穣はしかしティンティンダーの土地を諦めきれなかった。だから、土地省の役人の説得に反して、ティンティンダーに戻った。イチコは穣の決断に従った。女がとやかく言うことではないと思ったからだ。穣は、スワンヒルでとれたコメの利益を使って、ティンティンダーに150ポンド投資し4室の家（縦10メートル横8・5メートル）を作った。子供たちは自分の部屋ができたと大喜びだった。イチコも今まで住んでいた家とは段違いに立派な家に満足であった。この家にはベランダまであった。

もう一つ穣がお金をかけたのは、堤防作りだった。80ポンドもなけなしのお金をはたいた。

穣は、また土地省に、ティンティーダーの永久借地権を取得するために嘆願書を送った。土地省と約束した500ポンドのお金を土地改良のために使うというところまではいかなかったが、この年、新しく建てた家と堤防に使った230ポンドを、土地改善のために費やした資金として考慮してほしいと書いた。それと同時に、マスコミにもアプローチした。例えばケラング　ニュース　タイムズと言う新聞には、6月15日に下記のような記事が記載された。

「米作りの成功―

スワンヒル在住の高須賀穣氏は9年間56種類の日本の米を試作し、3年前に初めて米作りに成功した。1914年に植えて成功した種はカヘイと名付けられ、この米は大砂嵐にも耐えた。今年は8トン収穫されることが期待され、1トン15―20ドルの高値でメルボルンで売られる予定である。

米作りに重要なことは

（1）水をやりすぎない事
（2）耕作が確実であること
（3）ビクトリア州には害虫がいないこと
（4）機械で植えられること
カヘイ種は日本の大阪地域で栽培されており、1エーカーにつき1トン以上の収穫を見込め、うまくいけば2トン半穫れることもある。小麦が旱害で枯れても米は育って行った。

これから高須賀氏はもっと堤防を作って、耕作地を広げる予定である。」


この記事で、ますます穣の名声はあがっていったが、土地省の回答が穣は気になった。土地省からの返事は11月にきた。おそるおそる封を切って、通達書を読むと、次のように書かれていた。

「約束の500ポンドには満たないが、230ポンド土地改良に使用したことを認め、永久借地権を与える」

ついに念願だった永久借地権を認められたのだ。その日、1915年11月5日は、高須賀家にとって、記念すべき日となった。思えば、高須賀一家がスワンヒルに来て、10年近くの月日が流れていた。この日、喜びに満ちた穣とイチコは、お祝いの歌を作って、子供たちに披露した。イチコは久しぶりに着物を着て琵琶を弾き、穣は踊りながら即興で歌った。「ティンティンダーに来て10年。やっと願いがかなったよ…」と、歌う穣のテノールの美しい張りのある声が家中に響き渡った。久しぶりに見る両親の嬉しそうな顔に、子供たちも気持ちが高揚したのか、いつの間にか、子供たち3人も手拍子を打っていた。

一旦成功の道をたどり始めたかに見えた高須賀家であったが、1916年から1919年にかけての3年は、また苦労の連続であった。1916年から1917年にかけて雨が降り続けたため川の水が乾かず、堤防を作る予定だった穣は、何もできないまま、すごしてしまった。またヤンコーに植えられた高須賀米は、ちょうど花が咲く時期に熱風に見舞われ、不作だった。1918年になって穣はやっと堤防作りを再開した。ヤンコーではこの年も高須賀米の試作は続けられていたが、イナゴの到来のため不作だった。1919年になって、穣はやっと堤防を作り上げて5エーカーの土地を耕作し、3種類の米の耕作にかかった。しかし、種子から芽がでることはなかった。原因は穣にはすぐに分かった。穣が植えた種子は、この4年間納屋に貯蔵していた物だった。古くなりすぎていたのだ。

4年間無収入だった高須賀家では、これ以上自力で堤防を作る資金がなくなった。しかし、堤防を作らないと米は植えられない。資金繰りに困った穣は、初めてスワンヒルにある銀行に行った。ティンティンダーの土地の永久借地権を認める書類を携えて行き、「この土地を担保に、お金を借りれないでしょうか」と頼んでみた。銀行員は、すぐに「この土地は、あなたが所有しているわけではなく、あなたは単に永久借地権を認められているというだけのことですから、残念ながら、この土地を担保にお金を貸すということはできません」と、体よく断られた。

どうすればよいだろうか?そこで、穣はもう一度、土地省に掛け合ってみることにした。イチかバチかである。

穣は選択購入借地権への申請書を土地省に提出した。これは、土地を購入して自分の物にする権利があるということを認可するものである。この土地が自分の物になるという可能性があることを証明できれば、銀行からお金を借りやすいと思ったのだ。

穣の申請書を受け取ったのは、土地省の副長官のペヴァリルだった。ペヴァリルは、穣の嘆願書を手に取って、「また、この男の嘆願書か」と苦々しく思った。穣のことはメルボルンの新聞の記事に載ったことがあるので、知っている。断っても断っても粘り強くくらいついてくる穣に、ペヴィリルはヘキヘキしていた。ペヴィリルは秘書に、「高須賀は、1915年以降、米作りをしていないというではないか。この男に与えた永久借地権の条件として、米作りを続けると言う事項があるが、この条件をみたしていないので、自由保有権につながる選択購入借地権への申請は却下すると、通達を出せ」と命じた。ペヴィリルには、今が穣を追い出す絶好のチャンスに思えた。穣は米作りをするということで、オーストラリア滞在を認められているが、米作りも最近していないではないか。ペヴィリルは穣への通達書とは別に、秘書に、穣に関する報告書を連邦政府の移民局に送るように指示した。それには次のように書かれていた。

「高須賀穣は1905年にメルボルンに来豪して、1906年から現在に至るまでスワンヒルに住んでいます。高須賀はオーストラリアの米作りに貢献できると言うことで、特別に滞在期間の延長が認められました。しかし、ここ4年、高須賀は米の生産を中止しています。よって、高須賀の米作りに対する貢献は微々たるものであり、永住権を与えられるほどのものではありません。よって、高須賀一家の永住権を取り消されるのが賢明と思われます」

ペヴィリルの手紙は悪意に満ちていた。ペヴィリルはアジア人嫌いだったのだ。

しかし、ペヴィリルの報告を受けた移民局は、すぐには高須賀一家の永住権を取り消さなかった。まず、スワンヒルの警察に、高須賀のオーストラリアに対する貢献度の調査を依頼した。地元警察からすぐに返答が来た。

「高須賀穣氏は、スワンヒルに居住して以来、米作りに専念し、地元の米作りに興味を持つ農民にも、米作りの伝授をし、勤勉で、尊敬に値する人物であります」

穣に対する警察の好意的な評価は、穣のみならず、イチコや昇や愛子、それにマリオに対する住民の気持ちを代表するものであった。昇はフットボールの花形選手、愛子は中学校の優等生で、高須賀家の人々はスワンヒルで一目おかれる存在となっていたのだ。

移民局は、この報告書を読み、高須賀一家の追放を思いとどまった。ペヴィリルの思惑通りにはことは運ばなかったのである。

穣は、ペヴィリルの高須賀一家の追放の企みなど、全く知らなかった。ただただ米作りを成功させたいがために、奮闘していたのだ。ペヴィリルの書いた選択購入借地権拒否の通知を受け取った穣は、次にどのような手を打てばよいか、考えた。その結果、政治家に頼もうと、決心した。個人で出した手紙など無視されるが、大臣に正式に手紙を書けば、大臣も自分の申請書を無視はできないだろう。自分も政治家だったので、政治は、穣の得意とするところであった。

1920年に入って、穣は弁護士事務所を訪れた。弁護士を通して大臣に手紙をだすためである。

その手紙で、1906年以降の米作りの経過と、今の苦境を訴えた。堤防が作れなければ米作りはできない。堤防づくりの資金調達には選択購入借地権が必要である。だから選択購入借地権を認可してほしいと書いた。その手紙は弁護士を通して土地大臣に送られた。大臣は、すぐに土地省の長官に、穣の手紙を渡して、省に穣への返事を委任した。省は、次のような報告書をつけて、スワンヒルの王立領土管理者に穣の手紙を転送した。

「高須賀穣氏は勤勉な人物だが、計画性に欠けている。堤防が築かれなければ米に限らず他の作物も栽培できないだろう。もし堤防作りが達成されると言うのなら、借地権獲得は問題ないと思われる」

大臣を通して、選択購入借地権の許可が下りたことを、後で知ったペヴィリルは、憤慨した。自分を通り越して申請したと言うのが、ペヴィリルにとっては我慢ならないことだった。ペヴィリルが穣の申請を拒否をしたのは、彼なりの理由がある。穣はティンティンダーで米の試作を行っていない。他人の土地を借りて試作をしているのだから、貸付地は試作継続に不必要だと結論付けたからだ。高須賀の滞在延長を拒否したうえ、8月に高須賀に米の種子の提出を求めたが、穣の手元には種子がなく、提出できなかった。このことも土地省の心象を悪くしていた。

この年は高須賀家にとって、散々な年であった。マレー川が洪水になって70エーカーばかりの土地に植えたカラス麦が台無しになった。うちの周りは洪水で、湖のようになり、子供たちが学校に行けなくなった。だから、穣はボートを購入して、川と化してしまった８００メートルばかりの道を、ボートを漕いで、愛子とマリオを学校に送り迎えをするのが日課となった。その状態が3か月も続いた。米の試作はヤンコーでも続けられていたが、その年もヤンコーの高須賀米は発芽しなかった。

昇は相も変わらず仕事と勉強で忙しくしていた。この年、昇は地方禁酒友好会の「禁酒家レカブ組合協会派結社」に加入し、事務局長兼会計に選ばれた。このころから昇はリーダーシップを発揮して、皆の世話役に選ばれることが多くなった。地方禁酒友好会の会員になったことからも分かるように、昇はアルコール類を一切口にしなかった。

1921年も洪水に見舞われた。4月になって税務署への収入報告書を申請するとき、穣は「所得ナシ」と、書いた。田畑からの収入はなく、松山から届く仕送りだけで、家族はぎりぎりの生活をした。ともかく、堤防を作らなければ何もできないと、穣は焦っていた。5キロ足らずの堤防を早く築かなければいけない。穣の計算では堤防作りには6か月はかかりそうだった。そして千ポンドの資金が必要だった。しかし、どう考えても、資金を確保するメドはつきそうもなかった。

そんな穣のもとに、知らない人から手紙が舞い込んでくるようになった。内容は大体同じで、「米作りを私も始めたいと思っているので、米の種子を売っていただけませんか？」

穣には、売りたくても米の種子は手元になかった。

穣は再び政治家にアプローチすることにした。それ以外、良い方法が思いつかなかったからだ。スワンヒル選出の代議士の事務所を訪れた穣は、今の苦境を説明した。

するると、もう一度土地大臣に嘆願書を書くように勧められた。その代議士が穣の書いた手紙を取り次いでくれた。

手紙を受け取った大臣は、穣のことを良く覚えていてくれた。穣の手紙には、堤防を作る資金がないために米作りができないこと。去年は所得ゼロであったことなど、苦境が切実に書かれていて、大臣の胸を打った。そして一度拒否されたのに、再度嘆願してくる穣の粘り強さにも心を動かされた。

大臣は穣のことを閣議に持ち出し、議題にのせた。幸運なことに、州知事や他の大臣も、穣の申請の再考に賛同してくれた。すぐに政府顧問弁護士にペヴィリルの要求の法的基盤を調査するように指示が出された。

調査を終えた顧問弁護士は、次の閣議で、

「高須賀穣氏の申請に対して、選択購入借地権発行を拒否する法的根拠はありません」

と、報告した。

穣は、その結果を聞いて、メルボルンまで出かけて行った。汽車に揺られること6時間。久しぶりに見るメルボルンは、1906年の時と随分様子が変わっていた。穣が初めて見たフリンダース・ストリート駅は、小さな駅舎に過ぎなかったのに、今では3階建ての、イギリス風の大きなレンガつくりの立派な建物に変わっている。緑色の大きなドームの下にはたくさんの丸い時計が横並びに取り付けられ、いろいろな路線の次の列車の発車時間が示されていた。人も増えたような気がする。穣は久しぶりに、人とぶつかりそうになる経験をした。田舎者のように物珍し気にきょろきょろ街を眺めながら、人ごみを縫って、歩いてたどり着いた先は、連邦政府の移民局だった。穣の目的は、滞在延長を求めるためである。

穣の申請を受けた移民局は、すぐにペヴィリルに連絡をして、穣の要求をのむべきかどうか相談した。

ペルヴィリルは、穣の要求を聞くと、激怒した。

今まで穣の申請が来るたびにことごとく拒否していた。それにもかかわらずいろんな政治家を渡り歩いて、彼らの同情を買い、そのたびに問題は蒸し返され、白紙の状態に戻されたのだ。もうすぐ選挙がある。今の大臣もいつ変わるか分からない。だから、大臣からの指示は選挙が終わるまで、そのままにされているだろうと、ペヴィリルは踏んだ。ところが、ペヴィリルの予想に反して、9月、連邦政府は土地省の決定をくつがえし、穣に対して選択購入借地権を発行した。穣の勝利であった。これで、オーストラリア残留許可も得ることができた。ペヴィリルは、この結果を聞いて地団駄踏んだが、ビクトリア州の土地省の一役人である彼には、連邦自治、領土省の決定には、反論のしようもなかった。どうして連邦政府は穣に好意的な決定をしたのだろうか。それは、ビクトリア州で稲作を続けているのは穣一人であることに気付いたからだった。

この年は、高須賀家にとって、喜ばしいことが二つあった。選択購入借地権の獲得と、久しぶりのコメの豊作である。年の初めの刈り入れは、洪水のためできなかったが、この年の終わり、久しぶりに稲の穂が垂れ下がる田んぼを眺めることができた。

１９２２年に入って、穣は資金繰りに奔走した。選択購入借地権が取れたので、ティンティンダーの土地を買うためだった。日本にいる米五郎にもできるだけ送金してくれと頼み込んだ。おまけに、この年は豊作だったため、いくらかの収入も得た。ありったけのお金をつぎ込んで、ついに10月4日に２００ポンドで土地を手にすることができた。穣もイチコもついに手に入れた田を眺めて、喜びに浸った。土地の所有権の登録書を手にした穣はイチコに琵琶を弾かせて、自分の作った曲を披露した。

しかし、喜びもつかの間、全財産を使い果たした高須賀家は、財政困難にまたもや陥った。穣がどうすれば収入を得ることができるだろうかと頭を悩ませていたある日、昇が友達と魚釣りに行って、釣ってきた魚を穣とイチコに見せた。昇の持って帰ったかごにはたくさんのマレーコッド（マレー川でとれるタラの１種）がピチピチ飛び跳ねていた。それを見て、穣は「これだ！」と思いついた。

「昇、どこで魚を釣ったんだ？」と聞き、すぐに昇に魚の釣れた場所に案内させた。それは、ナイア西郊外のマレー川であった。マレー川のほとりには、ユーカリの木や灌木がうっそうと茂っている。その中をかき分けてマレー川の水際まで出た。木に覆われたその場所は、日の光が届かず、ひんやりとしている。川を眺めていると、突然「ボーッ」と大きな汽笛が鳴って、両脇に水車のような車輪をつけた外輪式蒸気船が、ゆっくりと通っていった。

「昇、お前の釣り竿貸してみろ」と言うと、穣はさっそくそこに腰を下ろして、釣りを始めた。すぐに、釣り糸が引っ張られる感触が、穣の手に伝わってきた。「来た！」と思うと、穣はすぐに釣竿を引き上げた。その釣り糸の先には、大きなマレーコッドが、跳ねていた。すぐにかごに入れると、穣は昇に言った。

「明日から、ここに来て、魚を釣ろう。たくさん釣れたら、売ることができるだろ？」

昇も家計が貧窮しているのを知っていたので、「そうだね、パパ。やろう」と賛成した。

その翌朝から、穣と昇は、朝早くから釣りに出かけ始めた。すると、面白いように釣れる。釣れた魚は、勿論高須賀家のお膳にも乗ったが、ほとんどは近所に売り歩いて、少し現金収入が得られるようになった。

穣はいろいろ釣り場を変えてみた。すると、もっと釣れる穴場を見つけ、近所の人たちに売り歩いても、余るくらいになった。そこで、ほかにも売れるところはないかと思案して、パブの主人のスティーブに相談してみた。スティーブは、いろんな町の情報を知っていて、町のことで分からないことがあれば、たいてい教えてくれる。

「うちのお客さんでメルボルンに魚を出荷している人がいるよ。紹介してあげようか」

と言われ、すぐにその魚の仲買業者、リチャードを紹介してもらった。

「かご、いくつ分くらい、出荷できるんだ」リチャードに聞かれ、穣は
「1，2週間に一かごくらいのものかな」と答えた。

「そうか。それじゃあ、取れた分は、ナイア西駅に持ってきてくれ。そしたら、駅からは俺が送るから」とリチャードは答えた。

穣は一つ気がかりなことがあったので、聞いてみた。

「ナイア西駅からメルボルンまでは6時間くらいかかるけれど、その間に魚が腐ってしまわないかね」

「勿論、保冷をしなければだめだよ」

「保冷って、氷でも使うのか？」

「いや、ユーカリの葉っぱを敷き詰めれば、大丈夫だ」

「わかった、それじゃあ、来週の月曜日からお願いするよ」と二人の交渉はまとまった。

それからは、穣と昇は、かごの底にユーカリの葉っぱを敷き詰め、一列に魚を並べ、また

ユーカリの葉っぱで覆って、その上に魚を並べる作業を繰り返して、月曜日にはナイア西駅に持って行った。ナイア西駅にはリチャードが待っていて、魚の大きさや生きの良さを見て、現金を渡してくれた。

それからは、魚釣りに明け暮れる日が続いた。マレーコッドは乾燥して川の水が水たまりのようになったところでは、水たまりから飛び跳ねて姿を現した。そんな時は、釣り竿がなくても、どんどん面白いように捕まえることができた。本当は、勝手に川の魚をとって売るのは違法だったのだが、生活が困窮しているときは、なんでもせざるをえなかった。

穣は、畑の周りにウサギの罠をかけて、ウサギをとるようになった。勿論食べるためである。ウサギは１７８８年イギリスからオーストラリアに食用として連れてこられた。オーストラリアはウサギにとって住みやすいところだったようで、どんどん数が増えて、作物を荒らすなどの被害を及ぼすようになった。ウサギの数を減らすため、撃ち殺したり、毒を使って排除しようとしたが効果はなく、ウサギはふんだんにいた。この野生のウサギは、茶色だった。

イチコも何とか家計の助けになるようにと、家の周りに家庭菜園を作った。菜園には、さやえんどう（イチコは、オーストラリア人の言うように、フレンチビーンズと言っていた）きゅうり、エンドウ豆、玉ねぎなどを植えた。スワンヒルの気候は暖かく、農業には全くの素人のイチコにでも、水まきさえ怠らなければ、簡単に野菜を育てることができた。

このころに毎晩高須賀家の食卓の上にのるものは、穣たちが釣ってきた魚と畑からとれた野菜、そして罠にかかったウサギだった。イチコは、初めてウサギが皮をむかれてつりさげられていたのをビクトリアマーケットで見た時の衝撃を思い出すこともあるが、今はウサギの料理を作ることには何の抵抗もなかった。人間変われば変わるものだと、イチコは我ながらあきれることがある。日本の子供たちには、きっとうさぎはかわいいペットというイメージがあって、ウサギを食べるなんて、考えもしないだろう。でも、イチコの子供たちは、まったくウサギを食べることには抵抗を見せなかった。子供たちの間で人気があるのはウサギのシチューだった。ほとんど自給自足の生活だったと言ってよい。12歳の食べ盛りになったマリオは、「また魚かあ。毎日毎日魚かウサギだな」とうんざりしたような声をあげることがあったが、イチコにできることは料理法や味付けを変えて飽きさせないようにすることくらいであった。

話変わって農業試験場のあるヤンコーでは、この年、高須賀米の試作をやめ、カリフォルニアから取り寄せたコメの種を試作し、3種類の種子で米作りを成功させた。

1923年がやってきた。昇も21歳となり、通信教育で無事中学を卒業することもできた。学校に行くのをやめてからは、穣のそばにいて、米作りを学んできた。穣は昇には教えられることは全部教えた。昇の将来のことを考えると、いつまでも自分の助手をさせておくのは惜しいと思った。

「昇、これから何がしたい？」と聞くと、

「パパのように米作りを続けたい」と言う。その晩穣は昇にとって一番良い道は何かと考え、翌朝、早速ビクトリア農業省に手紙を書いた。

「拝啓

私は、ティンティンダーで米作りをしている高須賀穣と申します。私の息子、高須賀昇は、この7年間、私の指導のもとに稲作の専門知識を持つにいたりました。つきましては、昇を稲作専門家として農業省に奉仕させたいと思います。ただその代わり、米の試作の援助をお願いしたいと思います。ご検討のほど、よろしくお願いいたします。

高須賀穣」

もし農業省が穣の要望を聞き入れてくれたら、昇も働き口ができるし、自分の米作りも経済的援助を受けることによって前進する。

しかし、穣の思惑通りにはいかなかった。

農業省からは、拒絶の手紙が来た。しかし、断られたからといって、すぐに諦める穣ではない。

翌年の1月、穣は今度は自治、領土大臣で上院議員のピアスに手紙を書いた。以前も直接関係省庁に嘆願して一旦拒否された後も、政治家に直訴して、嘆願を通してもらった経験がある。

「ピアス閣下

私はオーストラリアで初めて米作りを成功させた高須賀穣と申す者です。私は米作りはオーストラリアの農業に多大な益をもたらすものと信じ、稲の改良に励んでおり、今年も日本から50変種以上ものコメの種を取り寄せました。しかし、マレー川流域では洪水を防御する対策が欠如しているため、実際には稲作を実施するのは、困難を極めております。

コメはオーストラリアで最も利益を上げられる作物で、2―4エーカーを覆う30センチの深さの水で、高須賀米は、1トンから2トンの収穫をあげられます。これからの稲作に、必要な知識を持っている息子の高須賀昇を稲作普及のために奉仕させたいと思っています。つきましては、ニューサウスウエールズ州にある、ヤンコー農業試験場に、昇を米のアドバイサーとして雇ってもらえるよう、お取り図り願えますよう、お願い申し上げます。

息子の作成した、私の米作りの体験の記録を同封させていただきますので、ご検討のほどをよろしくお願い申し上げます。

スワンヒル

高須賀穣」

その手紙には、昇が作成した1906年に米作りを始めてからの穣の体験の記録を写真と一緒に同封した。

穣が大臣に手紙を書いて昇の就職活動をしている間、昇も何とかヤンコー農業試験場にコネを作りたいと思い、400キロの舗装もされていないデコボコ道を砂埃をあげながら、オートバイで何度もスワンヒルとヤンコーを往復した。ヤンコーの周りの村々の集会場を貸してもらい、写真をたくさん取り入れ、丁寧に米作りの説明をして回った。時には、小学校の前に立って、子供を迎えに来た親に、熱心に説明をした。

2月になって、ピアス大臣に出した手紙は、功を奏してきた。エイジという、メルボルンの新聞が、ピアスの次のような談話を記載した。

「高須賀氏は灌漑することにより、商業規模で行える種子と栽培方法を見出した、最小の水分で米は灌漑農家が通常使用する機具で栽培できる。高須賀氏によるとオーストラリアで大規模な米の栽培を成功させる再唯一の困難は知識不足とのことである」

その談話のあと、ピアスは、高須賀の手紙を貿易委員会に送り、関税大臣に「オーストラリアで新たな産業が芽を出す見込みがありそうなので、実質的な稲作のデモンストレーションを促進したらどうか」と相談した。この頃、日本は米の凶作で、大量なコメを輸入する必要ができ、日本への輸出が見込まれる状況にあった。

新聞の報道は、すぐに反響を呼んだ。

3月には、ナイア新入植者連盟から、農業省に手紙が送られた。それには、稲作についての詳細を教えてほしいと書かれていた。フランス領事とクイーンズランド州政府からも同じような要求が穣のもとに届いた。それだけではなかった。輸入精製業者のロバート・ハーバー・アンド・カンパニーからはビクトリア州地区で生産された米の精製を支援すると申し出が来た。

穣は、また一躍ヒーローとなった。多くの人が、穣の功績を認めてくれたことを高須賀家の人々は喜んだ。昇は、米作りをしたいと言う人たちへのアドバイスをするめ、忙しくなった。日本領事と、日本の貿易会社の代表が、リートンを訪れた時、昇は、日本語がほとんど話せなかったのにもかかわらず、このとき招待されて、リートンに行って、米作りの説明に参加した。

もう一つ喜ばしいことがあった。毎年ビザの延長の申請をしなければいけなかったが、それをしなくても良いことになったのだ。ただし、連邦政府の大臣によって、いつでも取り消されるものであったが、それまでのように毎年更新する煩わしさから解放された。白豪主義のオーストラリアで、アジア人が永住権を認められることはまれだった。穣の執念が勝ったといえる。

この年、ヤンコーのコメの試作は続けられていたが、高須賀米の種はあまり成功せず、カリフォルニアから輸入されたCaloro（カロロ）という品種が他の種類より抜きん出たできだった。これ以降、Caloroが主流になって行った。

穣の宣伝が行き届いて、2年後の1926年には大々的な企業ベースのコメ生産が、マーランビッジーで開始された。大きなトラクターが田んぼを行き来し、種が撒かれ、水をまいた。穣が長年悩まされていた洪水防止の対策も取られ、マレー川には水門が作られ、水の量を調整できるようになった。苗が育ち、稲が実り、収穫の時を迎え、穣は満足だった。初めて大志を貫いた気持だった。

しかし、翌年、また大幅な赤字を出してにっちもさっちもいかなくなった。お米の収穫はまずまずだったのだが、農作機械をたくさん購入し、そのローンに首が回らなくなったのだ。

ある日、穣は、家族を集めて、悲壮な表情で彼の決意を語った。

「もう、米作りはやめる」

家族一同が、「えっ！」と驚きの声を上げた。今まで貧乏のどん底に陥っても、決して米作りをやめるなんて言わなかった穣が、米作りをやめると言い出したのだ。

「ヤンコーでは、カリフォルニア米の種子で耕作することにしたそうだ。もう高須賀米の種子は無用になったようだ。お前たちも知っているように、機械を使った耕作を目指したために、高い機械をローンで買って、その支払いで、家計は苦しい。せっかく政府から買い付けたティンティンダーの土地は、売ることにした。そうすれば、機械の支払いもできる」

昇がすぐに聞いた。

「パパ、だったら、これからどうするつもりなんです」

昇は穣の片腕として、米作りに専念していたので、不安にかられた。

「これからナイアでかんきつ類やブドウを栽培してみようと思う。スワンヒル周辺にはかんきつ類やブドウを栽培している農園が多いから、やり方などは、教えてもらえるだろう。誰も今まで作らなかった作物を作るという冒険は、もうやめにするよ」

皆一瞬どう言ったらいいのか分からず黙っていると、

「話はそれだけだ」と言うなり、穣は外に出て行った。

米作りを断念することに一番落胆しているのは穣自身だということを、家族みんな知っていた。イチコは外に出た穣が1時間たっても帰ってこないので、心配になって、穣を探しに行った。すると、穣が田んぼのそばに座って田んぼを眺めているのをみつけた。その寂しそうな後姿に、イチコは一瞬声をかけたものかどうか迷った。そして意を固めて、穣に近づいて、そっと言った。

「パパ。ご苦労様でした」

そういうと、穣は後ろを振り向いてイチコを認めて、

「イチコか。お前にも苦労をかけたな」とだけ言った。イチコは穣のそばに座って、

「この田んぼ、パパが開墾したのよね」と目の前に広がる田んぼを見て感慨深げに言った。

「ああ」

そのあとは、二人は、この光景を生涯忘れることがないように、目に焼き付けようとするかのように、じっと田んぼを見続けた。

1週間後には、穣は、「ティンティンダーの買い手がみつかったぞ。ジョーゼル・ディキンソンが買ってくれることになった」と、すぐに農地の売却の契約をして来た。

それから高須賀家の人々は、引っ越しの準備で忙しくなった。引っ越し先はナイアである。引っ越しの準備と言っても、家財道具はほとんどなかったし、衣類も少なかったので、今度の引っ越しも、馬に引かせた荷台3台分で、すんだ。

引っ越し先のナイアでは、穣は昇を伴って、ブドウ園を持っている知り合いの農家を訪ねて、栽培の仕方を聞いて、ブドウの苗を買って来た。思いついたら、すぐに実行するのが、いつもの穣のやり方なので、穣の気持ちの切り替えの速さには、イチコはもう驚かなくなっていた。そして過去を顧みないという穣の気質は、昔から変わっていないと、イチコは思った。

少し経済的ゆとりはできたものの、ブドウの苗を植えて木が成長して収穫ができるまで2年かかる。その間に苗の支柱を作ったり、肥料をやったり、手間暇かけなければいけない。実際に収穫しても、ブドウ園はたくさんあるので、労力の割には利益が少ないというのが実情であった。

ナイアでは鳥の鳴き声が良く聞こえた。8月の肌寒い夜、イチコは、雀に似た色をしている尾が跳ね上がった黄せきれいの鳴き声を聞いた。この鳥は歩くときに尾を振ることから、英語ではWagtail、つまり「尾を振る」と呼ばれている。ソプラノの美しい声だった。イチコはすぐに短歌を作って、日記の片隅に書きつけた。

うぐひすの　きてなく夜は　はたと止んで、そぷらのたかく　うたふわぐてる

愛子は学校を終えた後は小学校の教師として勤めていた。愛子の小学校の時の同級生は皆結婚して、愛子の年頃で独身なのは、愛子くらいのものになった。イチコは、愛子の生徒が、愛子のことを「中国人！」と陰でからかっているのを聞いたことがある。その時、胸が痛んだ。ここの人にとって、中国人も日本人も十パひとからげでアジア人としか見てもらえない。もうスワンヒルに住んで30年近くなるので町の人は、ほとんど知っている。皆親切だ。だが、

結婚となると、また違った尺度が用いられるようで、愛子にプロポーズをする男はなかなか現れなかった。愛子は、そんなことは余り気にも留めていない風だった。愛子は、週日は学校に勤めに出て、週末は家族と一緒に教会に行く。

愛子が29歳になった時、やっと愛子にプロポーズをする男が現れた。教会でよく見かける男だった。イギリスから兄のバートと二人でオーストラリアに移民として来て、農家の手伝いをして暮らしを立てているアブラハム・ワッターズという愛子と同じ年の男だった。最初二人が口をきいたのは、教会だった。それから愛子を時折誘い出し、ピクニックなどに出かけて行った。アイビー（アブラハムの愛称）が愛子に心を惹かれているのは誰の目にも明らかだった。アイビーが愛子と話すときは目が輝いていた。愛子もアイビーのことをまんざらでもないと思っているようだった。アイビーからデートに誘われると、愛子はいそいそと二人で出かけて行った。穣の目にも、イチコの目にも、アイビーが愛子にプロポーズをするのは時間の問題だと思われた。

そしてついにある日、デートから帰った愛子は、小さいダイヤのついた指輪をもらったと、はにかみながら言った時は、穣もイチコも、とうとう愛子も結婚して家を出ていくのかと思うと、喜びとともに寂しさも混じった複雑な気分に陥った。その頃愛子も29歳になっていたから、派手な結婚式は気恥ずかしいからしたくないと言うので、二人が通っている教会で家族だけ集まってのささやかな結婚式を挙げることにした。イチコは、自分の結婚式の時を思い出した。白い着物に打掛、角隠しをした花嫁衣裳だった。松山の名士が参列する盛大な結婚式だった。イチコが愛子に、どんな花嫁衣装がほしいかと聞いたら、白いウエディングドレスを着たいと言う。イチコは、得意の裁縫で、ウエディングドレスを作るのに、没頭した。自分が用意してもらったような豪華な花嫁道具は持たせてあげられない。だからせめても素敵なウエディングドレスを着させてあげたいと思った。

結婚式の日は幸いにも青空で、高須賀家の人々は全員一緒に教会に行った。穣は花嫁の父親として、花嫁と一緒に式場に入ってくることになっていた。イチコの作ったウエディングドレスを着た愛子は輝いて見え、「なんて素敵な花嫁姿だろう」とイチコは満足だった。教会の中に一足先に入ったイチコは、礼拝堂の中を見渡したけれど、アイビーはまだ来ていないようだった。牧師が花嫁の家族に挨拶をし、式の準備は整った。花嫁が先に教会の中で待つのはおかしいからと、穣と愛子は教会の裏庭に出て、アイビーが来るのを待った。結婚式が始まる時間が刻々と近づいてくる。でも、アイビーは現れない。イチコは悪い予感に襲われた。

「もしかしたら、アイビーは、気を変えたのかもしれない。いざ結婚ということになって、怖気づいて逃げだす花嫁や花婿のうわさを村で聞いたことがあるけれど、まさか…」

高須賀家の人々の間に段々いらだちが見え始めた時、馬に乗ったアイビーがようやく教会に駆け付けた。アイビーはちゃんと燕尾服を着ている。「よかった！」とイチコが安堵の胸を撫ぜおろしたが、妙にアイビーの顔が暗い。

あわただしく牧師に挨拶をしたアイビーは、祭壇の前に牧師と一緒に立ち、愛子を待った。そこに愛子と腕を組んだ穣が礼拝堂に入ってきて、初めて高須賀家の人々の顔に笑顔が浮かび、拍手をして愛子を迎えた。だが、アイビーと愛子が祭壇の前に立ち、結婚の誓いを立てている時、イチコは妙なことに気が付いた。アイビーには確かバートと言うお兄さんがいたはずだ。教会でよく見かけたことがある。そのバートの姿が見えないのだ。つまり、アイビー側の家族の参列が全くなかったのだ。どうしたのかしら。病気にでもなって、参列できなくなったのかもしれないとイチコは思い直した。

教会での儀式が終わり、参列者一同で食事をしたとき、イチコはアイビーに聞いた。

「バートの姿が見えないけれど、今日は病気か何かで参列できなかったの？」

そう聞くと、アイビーは、ぶっきらぼうに言った。

「バートは、パースに行ってしまいました」

「まあ、パースに？あなたの結婚式を見届けてから行けばいいのに」

「そうですよね」とアイビーは答えると、これ以上、バートのことは聞かれたくないと言うふうに、黙ってしまった。だから、イチコは敢えてそれ以上のことは聞かなかった。

どうしてバートが、結婚式に出なかったか、その理由をイチコが知ったのは、随分のちの事である。バートは、弟が日本人と結婚するということに我慢がならなかったのだそうだ。「お前がアジア人の女と結婚するなら、兄弟の縁を切る」と言って、とめるアイビーの手を振り切って、家を出て行ってしまったのだそうだ。そのあと、バートからは何も連絡がこず、絶縁状態となったということだ。そのことを知ったとき、差別されることの悲しみと憤りがイチコの胸をついた。そして、アイビーの唯一の家族から祝福をしてもらえなかった愛子の寂しさを考えると、心が痛んだ。

その頃、結婚した女は仕事をやめることが常識だったので、結婚を機に愛子は教師をやめた。そのあと、愛子は教会の奉仕活動に情熱を燃やした。

愛子が結婚した翌年、つまり１９３４年、愛子が妊娠した。穣とイチコにとっては初孫が生まれることになったのだ。妊娠したと愛子から知らせが届いてからは、イチコは得意の裁縫で、赤ん坊の服をせっせと縫った。臨月に入って、子供が生まれそうだと連絡を受けたイチコは、とるものもとりあえず、愛子の家にかけつけ、陣痛に苦しんでいる愛子を傍で励ました。初産だったので、生まれるまでに時間がかかったが、「オンギャー」と言う赤ん坊の泣き声を聞いた時は、イチコも愛子も感無量だった。イチコは床に臥せっている愛子のそばで、赤ん坊を抱きあげて、やわらかい肌にほっぺたを寄せると、いとおしさがこみあげてきた。色は白いが髪の毛は真っ黒で愛子に似ていた。思わず「かわいい！」と言った。産婆さんに言われて部屋に入ってきたアイビーも不慣れな手つきでおずおずと赤ん坊を抱いて、満面の笑みを浮かべた。アイビーは父親になったことを誇らしく思っているようだった。そんなアイビーを見ながら、イチコは「赤ちゃん、かわいいわあ。ねえ、パパ」と穣に相槌を求めたら、穣は「うん」と言っただけだった。どうやら照れくさいようだった。マレーと名付けられた男の子の出産に、高須賀家からは久しぶりの喜びに満ちた笑い声が聞こえた。

それから間もなくして、穣はベンディゴの近くにあるハントリーに引っ越すと言い出した。ハントリーはベンディゴの北部にある。スワンヒルからナイアまでは、車で15分くらいの道のりだが、ナイアからハントリーまで、車を飛ばしてもゆうに2時間はかかる。スワンヒルにある愛子の家に行くことが難しくなる。愛子とこれからめったに会えなくなる。それに長年住み慣れたナイアの人々とは、皆顔見知りだったのに、皆と別れてまた見知らぬ土地に行くのは、イチコにとってはつらかった。

第五章　ハントリーへ

ナイアの農場を顔見知りのアウド・ルイスに売って、いよいよ引っ越しの日が来た。

運悪く雨がしょぼしょぼ降る中を、出発前の高須賀の家の前には、ナイアの村中の人が見送りに来た
「イチコさんがいなくなるのは、寂しいわ」と教会で知り合った女友達は、目に涙を浮かべていた。

「穣は、ナイア一番の有名人だったのに、いなくなるなんて信じられない。これからもナイアのことは忘れないでくれよ」と言ってくれる人もいた。

「高須賀の名前を忘れないように、ナイアのあんたの農場だったところに続く道はTakasuka Roadって呼ぶことにしたよ」と言う人もいた。

皆からの名残りを惜しむ言葉にイチコは、30年近く過ごしたナイアでの楽しかったこと、苦しかったことを思い出した。

これからは気軽に会えなくなることがつらそうで、めったに泣いたことのない愛子が目に涙をためているのを見た時、イチコは胸の中に穴がぽっかり空いたいたような気持になった。

引っ越しの荷物と一緒にトラックの荷台に乗って、穣もイチコもいつまでも手を振って、愛

子の家族、そして村の人との別れを惜しんだ。見送りの人の姿が完全に見えなくなると、イチコは思わず泣いた。

ハントレーに移った穣は、すぐにたけのこ栽培にとりかかった。竹は生命力が強いので、育てるのは簡単だと思ったようだ。たけのこは、おもしろいように穫れたのだが、いざ出荷しようと思うと、需要は少なかった。オーストラリア人はタケノコを食べる習慣がなかったからだ。それでなくても人口の少ないアジア人を対象となると、余り利益にはつながらなかった。そこで次にトマトに挑戦してみた。トマトは、水をやるのさえ忘れなければ、ハントリーの夏の暑い日差しの中で、すくすく育っていった。やっと、収入源となりそうな作物に初めて出会えた。穣も69歳になっていた。さすがに最近は農作業がつらくなり始めていた。

イチコはそんな穣を見て、

「パパ、もう畑仕事は子供たちに任せて、引退したら。パパが家督を受け継いだのは18歳の時でしょ。昇はもう34歳ですよ。立派にあなたの跡をつげますよ」と引退することをすすめた。

最初は、「まだ続けられる」とイチコの言葉に耳を貸さなかった穣だったが、ある日とうとう引退を決意した。

その日、夕食が終わった後、穣が

「もうパパは引退することにする。このハントリーの家も畑もお前たちに譲ることにする」

昇もマリオもいつか穣が引退する日が来ると思っていたので、二人とも驚かなかった。

「分かりました。これからは僕たちが頑張るから、心配しないで」と、頼もしいことを言ってくれた。

穣の引退後、昇もマリオもトマト栽培に専念し始めた。

オーストラリアでは、第一次世界大戦後、4月25日はアンザックデーと呼ばれ、第一次世界大戦の戦没者に対して追悼の意を表するための日となっている。この日は祝日で、店も休みだ。町中を生き残って帰って来た兵士たちが、もらった勲章を胸につけた軍服を着て、誇らしげにパレードをする。1934年のアンザックデーも、高須賀家の人々も全員仕事を休んで、昇は教会で行われたアンザックデーのための特別礼拝に参加した。

この日イチコは、オーットーマン帝国を相手取った英仏軍に志願兵として従軍し、ダーダネルス海峡に散ったオーストラリア人の戦死者を悼んで、次のような短歌を詠んだ。

国のため　だあだねらすの　あきつゆと　消えしおの子等　しのぶ今日かな

その頃のイチコは毎日日誌を書いていたが、書くことは判で押したように、同じことの繰り返しだった。
1月20日から1週間の記述を見ると、次のように書かれている。
「January MONDAY(20) 1936
晴 クモリ少々ダスト風
昇トナリ エピローニ行ク
マリ トマト給水 パパ トマト定植

TUESDAY (21)
晴れ
昇 自宅 トマトノカルチベート（注：耕作の意味）
マリ トマトピック エンド パック（注：採取と箱詰めの意味）
昇 午後トマト一箱 ベンデゴーニ持チ行ク
パパ前日同様
スタチストカリーボーイ来訪（スタチス、カリーと言うのは人名だと思われる）

WEDNESDAY (22)

晴　暑シ
英皇帝昨日崩御ノ報一日休　（注：英皇帝とは英国の王、ジョージ5世を指す）

THURSDAY (27)
晴　ムシ暑ク　ハントリー百十度　ベンデゴー　百四度　湿度最高
マリ　トマト　ピック　パック　昇カルチベート
昇　午前午後二回、四箱ヲ　ベンデゴー　ファクトリーニ　持チ行ク（ファクトリーとは工場のこと）
夕刻　トナリノ家族一同来訪　晩十一時辞去ス

FRIDAY(24)
暑シ　但シ　昨日ヨリハ少シヒクシ
パパ　メロン移植　昇カルチベート
マリ　トマト　ピック　パック
昇　午後　一箱ヲメルボルンニ送リ　一箱ヲ　ソーストシテ送ル
マリ　夕刻ヨリ　ベンデゴーニ行ク」

イチコの日記から察せられるように、昇とマリオは、毎日手分けして、水をやったり、耕作したりして、トマトの栽培に精を出し、収穫したトマトは二人で箱詰めした。小さなトラックを買った昇は配達を一手に引き受け、駅まで持って行って、メルボルンに送ったり、販売に出かけたりする毎日だった。息子たちのトマト栽培は順調にいった。トマトは太陽の光を受けて、すくすくと育ち、コメのように手がかからなかった。穣は、トマト作りは息子たちに任せ、趣味でメロンの栽培に取り組んだり、さやえんどう、キュウリ、エンドウ豆、バジル、玉ねぎと家族で食べるものを栽培した。イチコはイチコで家のそばに家庭菜園を作って、引退後の生活を楽しんでいた。

畑仕事は休みがとれないが、英国のジョージ五世が崩御されたときは、どの農家も喪に服して、田畑で働く者はいなかった。オーストラリア人にとって英国は母国であり、英国王は、すなわちオーストラリアの王でもあった。市役所の前は半旗が掲げられていた。もっとも田舎町に届いた訃報は一日遅れだったが。

穣もイチコも時折暑さにヘキヘキした。華氏110度というのは摂氏43・3度に当たる。華氏104度は、摂氏40度ということになる。気候の厳しさを除けば、高須賀一家にとっては平穏な毎日が続いた。

二月に入っても、同じような日が続いた。

「February
Tuesday (4)
晴　両人（注：昇とマリオのこと）、トマト給水　パパ　カルチベート（注：耕作するの意味）
夕刻　クールチェンジ（注：暑い日に急に冷たい空気が舞い込んできて、急激に気温が下がること）
Wednesday (5)
晴　両人トマトピック（注：採取）終日（四十余箱）
Thursday (6)
晴　涼シ　両人トマトパック（注：包装）
午後昇二十ケースヲソースニ、四ケースヲメルボルンニ送ルタメ　ハントリーステーションニ行ク
晩　マリ　ベンデゴーニ行ク

Friday (7)
晴れ　時々曇、涼
両人トマト給水（パパ同様）
夕刻　ハントリーテニスクラブニ行ク　ジョンヨリ昨日フルーツ到来　アップルジャムヲ造ル

Saturday (8)
晴　夕刻　小シャワ（小雨のこと）
両人トマト給水　午後ハントリーニテニスニ行ク
ハントリー地方カナリノ雨ナリシ由　子供等　ヌレテカエル」

週日は来る日も来る日もトマトの給水、耕作、採取、箱詰め、駅まで持って行くなど、農作業に追われ、週末は昇もマリオもハントリーに行ってテニスを楽しんだ。

時折友人も遊びに来た。それほど生活が楽になったわけではないけれど、やっと平穏な毎日を過ごせるようになった。

時折、穣はスワンヒルに泊りがけで出かけることもあったが、そういう時は、こまめにイチコに手紙を書いた。

ある日、家の近くの家庭菜園で作業をしていたイチコが、悲鳴をあげた。その悲鳴を聞きつけて、穰、昇、マリオと家族全員が家庭菜園にかけて行くと、イチコは腰を抜かして菜園のそばに座り込んでいた。

「どうしたんだ？」と聞く穰に、イチコは「あれ、あれ」と、家庭菜園を指さすばかりである。三人がイチコが指さす方を見ると、頭がい骨があった。イチコがジャガイモを掘っている時に、出て来たらしい。穰たちが近寄って見ると、随分古い頭蓋骨のように見える。穰が昇に「ともかく、警察に知らせた方がいい。警官を呼んで来い」と言ったので、すぐに昇は近くの交番に知らせに行った。

穰とマリオは、腰を抜かしているイチコを抱えて家に連れ帰って座らせ、水を飲ませた。そうするうちに、昇が警官を連れて来た。このあたりで起こる事件と言えば、窃盗とか喧嘩くらいで、殺人事件なんて、穰たちが知っている限り、めったに起こったことがない。

警官は頭蓋骨を見ると、

「ともかく、鑑識の人に来てもらうことにしましたから、この近くには立ち入らないでください」と言う。そしてイチコに「見つけた時の状況を説明してください」と言ったので、イチコは「ジャガイモを掘っていたら、何か、白いものが見えたので、何だろうと思って、掘り下げていくと、頭がい骨だったので、びっくりしたんです」と説明した。

それから鑑識の人が来て、頭がい骨が出てきたあたりにほかの人骨が見つからないか掘って、見つけた人骨をプラスチックの袋に入れて帰った。

その晩は、高須賀家では、人骨の話で持ちきりだった。一体誰の頭がい骨なのか、どうして死んだのか、どうしてこんなところに埋めてあったのか。皆は色々憶測したが、結局、鑑識の結果を待とうと言うことになった。

鑑識の結果が出るまで、2週間を要した。その間、うわさを聞き付けた近所の人からも色々聞かれて、落ち着かない気持ちで過ごしていたイチコのもとに、警官が再度訪れて、結果を報告してくれた。

「あの頭蓋骨の主は40歳くらいのアボリジニの男性。死後百年はたっているそうで、死因は飢死ということですから、きっと行き倒れになって死んだんでしょう」

「それじゃあ、殺されたわけではないんですね」

イチコはまさかと思ったが、自分が殺人犯にされるのではないかとビクビクしていたので、警官の言葉に安堵の声をあげた。

警官は苦笑いをしながら、「まさか、あなたが殺したなんて、誰も思いませんよ」と言うので、イチコも思わず笑った。

この事件以来、イチコは菜園が気持ちが悪くなったと言って、しばらくの間、家庭菜園に近づかなかった。やっと気を取り直して菜園の手入れを再開した後も、また頭がい骨がでるのではないかと、おっかなびっくりだった。

三月に入って、マリオがアデレイドに行くと言い始めた。アデレイドというのは、南オーストラリアの州都で、高須賀の家から何百キロと離れている。

昇とそれまで一緒にトマトの栽培を手掛けていたが、会社勤めをしたいと言い始めたのだ。

「兄貴だけで、トマト栽培できるよ。だから会社勤めをして、少し家計を助けたいと思っていたんだ」

マリオの言葉に穣もイチコも一瞬驚いた。

「会社勤めって、どこに就職するつもりなんだ」

「アデレイドに行けば、何か仕事が見つかると思うんだ」

マリオがアデレイドに行けば、めったに会えなくなるだろう。

穣は、しばらく腕を組んで考えていたが、

「昇はどう思うんだ。お前たち二人で話し合って、好きなようにすればいい」と、答えた。

昇は、少しさびしそうな顔をしたが、

「マリオが会社勤めをしたいというのなら、自分の好きなようにすればいいよ」と答えた。

イチコは、マリオにいつまでも家にいてほしかったが、いつまでも昇の手伝いをしていたのでは、好きな人ができても結婚するのが難しいだろうと考えると、マリオが家を出るのを引き留めることはできなかった。それに、誰もイチコの意見なんか聞いてもくれないだろうという気持ちがある。

「ともかく、仕事探しに出かけてくるよ」と、マリオは出かけてしまった。

昇はそれまで二人でやっていたことを一人でしなければいけなくなり、一段と忙しくなった。穣やイチコも、見かねて、手伝うこともあったが、手が足りない時は、近所の農家の若者を雇って、手伝ってもらった。

そんなある日、アイビーと愛子が来た。マリオがいなくなって寂しくなっていたので、愛子の一家の訪問は、穣とイチコを喜ばせた。愛子の家族は一週間ばかり滞在したが、ベンディゴに買い物に行ったり、トマトの採取を手伝ってくれたりした。

しばらくマリオから音沙汰もなく、イチコは心配で心配でたまらず、夜寝る前にはいつもマリオに早く就職口が見つかるようにと祈った。

待ちに待ったマリオからの手紙は一か月後に来た。

「千九百三十六年　三月十一日

パパ、ママ、昇

皆な元気ですか？

僕はやっとコンドライトと言う会社でジョーブ（注：仕事）を見つけました。ですから、しばらくここにステイします（注：います）。

元気でいますから心配しないでください。

マリオ」

マリオの手紙に安心したものの、しばらく会えないと思うと、寂しさが胸に押し寄せて来た。

すぐにイチコは返事を出した。

「マリ、
元気だと聞いて安心しました。またジョーブ（注：仕事）が見つかったと聞いて、うれしいです。当分マリと会えないと思うと寂しいですが、仕方ありませんね。

昇はあなたが家を出た後、一人で頑張っていますが、一人では大変なので、毎日パパも私も少し手伝っています。

体に気を付けて。

何かほしいものがあれば送りますから、言ってください。

ママより」

1週間後に、マリからまた手紙が来た。

「ママ、手紙をありがとう。皆元気だそうで、何よりです。
ママ、実は送ってほしいものがあります。毛布がほしいです。
では、皆さんお元気で。
マリオ」

イチコは早速毛布を送付するように荷造りした。荷物の中には、マリオの好きな自家製のアップルジャムや洋ナシのジャムも入れた。昇がベンディゴ駅から送ると早く着くからと言うので、イチコは昇にベンディゴ駅まで連れて行ってもらい、荷物を送った。

昇は相も変わらず週末はハントリーにテニスをしに行った。時折、オートバイの修理のためや買い物のためにベンディゴに行くことがあった。

5月に入って、昇たちは、形の悪いトマトなど、そのままでは売れそうもないトマトを使って、その年最後のトマトソースを作った。全部で小瓶12本、大瓶36本もできた。

その晩マリオが荷物を取りに家に帰ってきた。久しぶりに見るマリオは、一段とたくましくなったようにイチコには思えた。

翌日昇とマリオは、友達のジョンに会いに行った。マリオはこれからは当分家には帰ってこれなくなるだろうからと、名残を惜しみに行ったのだ。

マリオは久しぶりに帰っても、ベンディゴに外套をクリーニングに預けに行ったり、衣服の整理をしたりして忙しくしていた。そんなマリオが衣装ケースがいるというので、久しぶりに親子4人でベンディゴに出かけた。いつもマリオは昇と一緒に行動するので、イナコたちと出かけるのは久しぶりだった。いつも家に閉じこもりがちのイチコは、久しぶりの息子二人と一緒の外出に心が浮きたった。

六月に入って、マリオは引っ越し荷物を持って、アデレイドについに旅立ってしまった。マリオの荷物が部屋から消えてしまい、ガランとなった部屋を見ると、イチコはマリオは行ってしまったという思いがひしひしと胸にしみこんできて、マリオの部屋で物思いにふけることも少なくなかった。イチコはいつの間にか郵便屋が来るのを待ちわびるようになった。時折来るマリオの手紙を一刻でも早く読みたかったからだ。

昇はトマトの収穫が終わった後は、畑の掃除に専念した。そうした農作業の合間に、昇はボランティアの仕事も熱心にした。昇はスワンヒル病院の募金運動に奮闘したのを皆から認められ、病院の総長に選ばれた。そのニュースに、穣もイチコも、誇らしく思った。昇は、ナイアにいた時から禁酒組合の事務局長に選ばれるなど、若いころから、リーダーシップもあったが、ハントリーでもリーダーとして仰ぎ見られる存在になっていた。

この年には愛子が二人目の子を産んだ。男の子で、ヘンリーと名付けられた。子供が生まれて1か月たった頃、愛子は、マレーとヘンリーを連れて、アイビーの運転するトラックに乗って、穣たちに会いに来た。

　イチコは初めて見るヘンリーを見て、

「まあ、丸々した元気のよさそうな子だねえ」と感嘆の声をあげた。

この日は珍しく穣はマレーを納屋に連れて行った。皆ヘンリーに気をとられて、マレーをかまう人がおらず、マレーが退屈そうにしていたからだろう。

「マレーは、もう3歳だったな。数を数えられるかね。さあ、おじいちゃんのあとについて言ってごらん。ウオン、ツー、スリー…」穣は一つずつ納屋にあるトマトの苗木をさしながら言った。

　マレーには、穣の発音が、ちょっと奇妙に聞こえた。「おじいちゃんはワンと言わずにウオンと言う。どうしてだろう?」と不思議だった。マレーが穣の後について「ワン、ツー、スリー」と言っていると、「マレー、マレー」とアイビーがマレーを呼ぶ声がして、マレーは父親のもとに駆けていった。

「マレー、何しているんだ」とアイビーが聞くので、

「納屋でおじいちゃんに数の数え方を教えてもらっていたの。おじいちゃん、ワンと言わずにウオンって言うんだよ」と答えた。

　それを聞くとアイビーはしかめ面になって言った。

「もう、おじいちゃんと二人だけで、どこかに行っちゃだめだよ」と言った。

マレーは、どうして父親が、そんなことを言うのか、わけがわからなかった。

　１９３９年の始め、仕事をやめて帰ってきたマリオは、昇と二人で、ハントレーの東にあるフォスタービルに灌漑のある肥沃な土地を10エーカー借りて、トマト栽培を大々的にやり始めた。トマトは面白いようになり、収穫時には近所の農家の若者を雇わなければいけないくらい成功した。

第六章　穣の帰国

7月の寒い朝、穣は松山にいる叔父の米五郎から長い手紙を受け取った。

「穣、元気にしているか？

この手紙がいつ着くか見当もつかないが、お前の養母のカツネさんが先日亡くなり、きのう葬式をすませた。お前には早く知らせるべきだったが、知らせたところで、葬式には間に合わないだろうと思い、私が喪主として葬式を出しておいた。

カツネさんは、お前を可愛がっていたから、死ぬ前に、お前に一目会いたいと言っていた。でも、カツネさんは心臓発作をおこし、一時は命を取り留めたのだが、すぐに容態が悪化して、あっけなく亡くなってしまい、お前に知らせるのが遅れてしまった。

今までお前の家の財産管理を頼まれていたが、財産の整理などもあるから、帰ってこい」

このニュースに、穣は衝撃を受けた。継母とは言え、カツネには実子のようにかわいがられて育てられた。穣が小学校の教師をやめて、東京に行って勉強したいと言ったとき、しぶる嘉平を説得してくれたのはカツネだった。

「伊三郎さんは、世界を股にかけて活躍する人です。松山にとどまって、一生を終える人ではないです。どうか、伊三郎さんの思うように、させてあげてください」と、穣と一緒に、嘉平の前で頭を下げて、応援してくれた。自分が大物になると信じてくれ、いつも応援してくれたカツネの死の報に、穣は声をあげて泣いた。カツネとは、もう35年近く会っていなかった。しかし、毎月、米五郎が家賃などをまとめて仕送りしてくれる時は、必ずカツネの手紙が入っていた。

お米の生産に成功したときに来た手紙のことは、今でも覚えている。

「穣、元気ですか？あなたがお米を初めてオーストラリアで作ったと聞いて、誇らしく思っています。でも、あなたは頑張り屋だから、無理をして体をこわさないように」

いつも、たわいない手紙だったが、手紙の行間からカツネの愛情を読み取ることができた。

穣は、すぐに家族を集めて、昇とマリオに言った。

「お前たちのおばあさんが亡くなった。おじさんから、財産整理のために帰って来いと手紙があった。もうここの土地はお前たちに譲ってしまったから、今はパパがここですることはなくなった。だから日本に帰って、財産を整理して、また日本でビジネスをしようと思う」

この言葉に一番の衝撃を受けたのは、イチコだった。

「パパ、それって、どういうことですか？子供たちをここに残して、日本に引き上げるという意味なんですか？」

「うん。そうしようと思うんだ。僕もこのオーストラリアでやれることはやった。そして子供たちも立派に独立してやっていけるのを見届けた。今のように、毎日お前たちの手伝いをしているだけでは、自分が生きている感じがしないんだよ。また、日本で輸入業に挑戦しようと思うんだ」

イチコは一瞬呆れて声も出なかった。穣はすでに75歳である。これから、またビジネスをしたいと言い出すとは、思いもよらなかったのだ。ビジネスは一度メルボルンでやったけれど、失敗した経験がある。武士の商いといわれるように、士族の生まれの穣がビジネスで成功するとは思えない。イチコは、結構今の生活に満足をしていた。昇はトマト作りに精を出し、マリオは仕事に出かけ、穣とイチコは小さな畑を作って、家の者が食べるだけの作物を作る。平和な毎日だ。それなのに、なぜ今更また一からやり直す必要があるのだろう。

昇もマリオも、今まで通り、家族4人の生活が永遠に続くような気持でいたので、父親が自分でまたビジネスをしたいという冒険心を失っていないことに、驚きを隠せなかった。それに日本に帰るとなると、もう2度と会えないかもしれない。そう思うと言葉がでなかった。

その晩、イチコも子供たちも、穣の言葉を理解するのに時間がかかり、皆黙ったまま、眠れない夜を過ごした。

翌日の晩、イチコは、穣にはっきり告げた。

「パパ。私、日本へは帰りません。日本に帰るのなら、パパだけ帰ってください」

これまで、穣のいろいろな決断に対して、黙ってついてきたイチコから出てくる言葉とは思えず、穣は一瞬耳を疑った。

「一人で帰れというのか。どうしてだ！」

穣の怒気を含んだ声をイチコは初めて聞いたが、それにもたじろがず、しっかりした声で、自分の気持ちを伝えた。

「私は、今のままの生活で満足しています。昇やマリオと別れるのは嫌です。ここには友達もいます。松山は故郷とはいっても、35年前に松山を出た私たちには、そんなに知り合いがいません。私の両親もとっくに亡くなっているし、あなたの両親も亡くなったわけですから、今まで私たちを支えてきてくれた人が、日本にはもういません。それに、あなたはビジネスを始めるとおっしゃいますが、この年になって、また多額の借金を抱えてビジネスをして失敗したら、もう私たちには行き場がありません。それに、実際問題として、日本に帰る渡航費二人分を出す余裕はうちにはありません」

穣は黙ってイチコの言い分を聞いたが、穣のもう一旗あげたいという気持ちは変わらなかった。

「そうか。分かった。それじゃあ、僕はひとまず一人で帰ることにする」

この話の成り行きに驚いたのは、昇とマリオだった。

「ママ、パパと別れることになるのに、それでいいの?」

イチコは寂しそうに答えた。

「ママは、パパと別れることはできても、あなた達と別れるなんて、耐えられない」

その頃のイチコの日誌はいつも、「昇が何々をした、マリオが何々をした」で始まり、最後に「パパが何々をした」と書かれていて、イチコの愛情は、穣よりも子供たちに注がれるようになっていた。

穣が日本に帰ると聞いて、愛子とアイビーも驚いてハントリーまで来て、穣を日本に帰国しないように説得しようと躍起になった。愛子は生まれたばかりのフランクと、6歳になるマレー、3歳のヘンリー、そして2歳のノーナも連れて来た。

「パパ、どうして日本に帰るの?それに、どうしても帰るんだったら、ママと一緒に帰るべきでしょ」

「パパだって、ママと日本に帰りたいと思うけれど、ママがうんとは言わないんだよ」

穣はイチコへの説得に困り、愛子にまで、イチコの説得をしてくれと頼む始末だった。

子供たちの仲介があったにも関わらず、穣もイチコも自分の意思を曲げず、結局穣は一人で松山に帰ることになった。

「ビジネスがうまくいくようになったら、旅費を送ってやる。だから、松山に帰って来いよ」

と、穣はイチコに何度も言った。そのたびにイチコはあいまいな笑みを浮かべて、帰るとも帰らないとも言わなかった。

穣が日本へ出発する前日、愛子の一家が、スワンヒルから穣の家にやって来て、久しぶりに家族全員が集まった。誰の胸の中にも「これで、もうパパに会えないかもしれない」という思いがあった。

「パパ、パパの写真を撮っておきましょうよ」と突然イチコが言い出し、穣を写真屋に連れて行った。この時、すでにイチコは、もう生きては2度と穣に会えないと予感していたのかもしれない。

その晩は、友達、知人が穣にお別れをいうために、大勢集まってきた。酒盛りが進んでいくうちに、昇の親友のジョンから、「歌を歌ってよ」とリクエストが出た。以前、パーティーをするたびに、穣が歌い、イチコが琵琶を弾いたが、この晩も、ジョンのリクエストに応えて、二人で作詞作曲をした歌を披露した。それは、初めてコメの生産に成功した喜びを歌ったものだった。喜びの歌であるにも関わらず、集まった人たちは物音ひとつ立てず、しーんと神妙に、二人の歌に聞き入った。

その晩は遅くまで、穣の家からは歌声が響いた。

翌日の朝、高須賀一家は、みんな昇の車とアイビーの車に分乗して、ハントリー駅に行った。ハントリー駅からメルボルンに向かう穣を見送るためだ。ハントリー駅で汽車に乗る込む前、穣はこの2，3日繰り返し言っていることをイチコに言った。

「ビジネスが軌道に乗ったら、渡航費を送ってやるから、その時は日本に戻って来いよ」

それまではあいまいな微笑を浮かべるだけだったイチコは、最後に黙ってこっくりうなずいた。

穣は昇たち子供たちに向かって「ママのことを頼んだぞ」と言った。それに対して、3人は黙ってうなずいた。

穣の荷物は多くはなかった。スーツケース一つだけで、背広を着ていた。イチコは泣き出しそうになるのを我慢した。穣は、夫と言うより、40年あまり苦労を共にしてきた同志であった。どこか一人で旅行に出かけても、必ず3日に一度は手紙を寄越した穣。これから穣の顔を見ない日が続くのかと思うと、つらかった。それでも、松山に帰ってからの生活を思いやると、今の平和な生活を捨てたくなかった。もう、何かに向かって突き進んでいく穣についていて行く元気がなかった。

子供たちも皆、泣き顔だった。やがて汽車は煙を噴き上げて、大きな汽笛とともに、駅をすべるように出て行った。穣は、客席の窓から体を乗り出して、いつまでも手を振った。

その夜、イチコは何度も目を覚ました。そのたびにいつも隣で寝ていた穣のベッドが抜け殻のようになっているのを見て、穣と離れ離れになったことに心をつかれた。１９３９年7月のことだった。

穣が日本に帰ってしまって間もなくのことだった。マレー川に釣りに行った昇がびしょぬれになって家に帰って来た。8月のまだ寒い時で、ぶるぶる震えている。イチコが驚いて、

「まあ、昇、どうしたの？」と聞くと、

「いやあ、川でおぼれている若者がいてね、思わず飛び込んで助けたんだ」

「まあ、そうだったの。風邪をひくわよ。ともかく家に入って服を着替えなさい」

昇が服を着替えて居間に来ると、イチコは
「あなたは水泳が得意だったからよかったけれど、ただの義侠心で人を助けようと川に飛び込んだら、あなたまでおぼれ死にする所だったわ」と、昇を説教しようとすると、昇は笑いながら、イチコの説教をさえぎった。

「ママ、僕は幸いにも水泳が得意だからね。ご心配なく」

昇に暖かい紅茶を飲ませていると、外から「ハロー」と言う声が聞こえた。

イチコが出ると、見知らぬ20歳くらいの青年が立っていた。

「昇さん、いらっしゃるでしょうか？僕、今さっき昇さんにおぼれ掛けたところを助けてもらったハリー・ネイションと言います」

「まあ、あなただったの、おぼれかけた人っていうのは。今あなたの事を話していたところよ。中に入って」

ハリーは、中に入ると、昇に

「助けてくれて、ありがとう」と握手のために手を伸ばした。

昇は握手をしながら、言った。

「今度から気を付けてくれよ。たまたま僕がいたからよかったけど、泳げないんだったら、川には近づかないほうがいいよ」

「僕も今回の事で、こりました。川には近づきません。今日も、川岸のところに立っていたつもりだったのに、足元が最近の雨のせいか濡れていて、足を滑らせてしまったんです」

「ともかく助かって良かったよ」と、昇はハリーの肩を叩いた。

この事件の後、ハリーは昇を兄のように慕い、高須賀家を頻繁に訪れるようになった。

穣が去ったあとも、昇はまたいつものように、トマト栽培に専念し、箱詰めにしたトマトをベンディゴやメルボルンに送る毎日が戻ってきた。マリオは、マケルパインと言う会社に勤め始めた。穣がいなくなった分、畑仕事で手が足りなくなったため、近所のクライン家のティーンエージャーの息子たちに手伝いを頼んだ。

平和に思えた日々ではあったが、水面下では、戦争の足音が、オーストラリアにも近づいてきていた。オーストラリアの母国、イギリスは、ドイツのポーランド侵略を契機にフランスと共にドイツに宣戦布告をして、9月3日にヨーロッパでは第二次世界大戦開戦の幕が切って落とされていた。日本は、英国の敵国であるドイツとイタリアと1937年に日独伊防共協定を結んでおり、間接的にオーストラリアの敵国となってしまった。それだけではなく、オーストラリア政府は、日本が南下してきて、オーストラリアを植民地にするのではないかという危惧を持ち始めていた。それは、日本が支那事変を起こし、中国を占領するにいたったからだ。日本は段々南下をしている。その先にはオーストラリアがある。日本はオーストラリアまで占領するつもりではないかとの見方が政治家の間で強くなっていた。日本に対して警戒心の強くなったオーストラリア政府は、日本人に対して、外国人登録をするように命じた。イチコたちは、9月19日にベンディゴの警察署に行き、指紋と写真を取られ、これからの移動は、いちいち警察に届ける義務を負わされた。

「パパが外国人登録をしろと言われたら、素直に登録しに行くかしら?きっと、政治家に嘆願書を出して、登録拒否をしているに違いないわ」とイチコは思わず笑みが浮かんだ。

穣からは2週間前に手紙が来ていた。

「イチコ、昇、マリオ、愛子

みんな元気ですか?

私は無事8月末に松山に戻ってきました。お母さんの49日の法事に何とか間に合いました。米五郎おじさんが、法事もうまく取り仕切ってくれ、両親の墓参りをすませました。立派な墓ができていましたよ。

おじさんに管理をお願いしていた土地や借地は、そのまま売らないで置くことにしました。今こちらは戦争の機運が高まっています。だから、反中国運動を援助するための日本戦争証文に165ポンド投資しました。

これからまたビジネスを始める準備で忙しくなりそうです。ビジネスの構想ができたら、また手紙でしらせます」

この手紙を読んで、イチコは穣は止まるということを知らない人だとつくづく思った。絶えず思いついたことは実行に移さないと気が済まない人なのだ。

昇たちは

「パパが商売をするなんて、ちょっと想像できないな。だって、僕たちの知っているパパはいつも畑で仕事をしていたから」と言う。

「メルボルンに来た最初の頃は、メルボルンで輸入業をやったこともあるのよ。でも、あんまりうまくいかなかったわ。パパはあんまりお金に執着しない人だから、商売人にはなれないと思うわ」とイチコが言うと、子供たちは皆イチコのいうことはもっともだとうなずいた。

１９４０年がやってきた。イチコはキリスト教信者なのだが、嘉平の影響を受けて、お正月だけは日の出を仰いで、祈りをささげることにしている。いつもは穣と一緒に祈っていたのだが、オーストラリアに来て初めて、穣のいないお正月を迎え、イチコは昇とマリオと三人で初日の出を拝んだ。

オーストラリアの1月は真夏で、日本にいるときのように寒さで身が引き締まるということはない。それでも、新しい年が来たと思うと、すがすがしい気がした。

翌日穣から年賀状が届いた。オーストラリアでは1月1日は祝日なので、郵便は来ない。それには、穣のこれからのビジネスの構想が書かれていた。

「神戸にオーストラリアとの貿易をする会社『Australia Barter Trade Company』を設立するつもりです。会社設立と同時に日本語をローマ字で書くためのよりよいシステムを教える通信教育も始めるつもりです。

会社設立まで、ちょっと時間がかかりそうですから、その間、美術品を売り歩いています。」

相も変わらず、一つのことでは満足せず、二つのビジネスを同時に始めるなんてパパらしいとイチコは思った。でも、オーストラリアとの貿易会社を作るのなら、穣はこれからもオーストラリアを行き来するだろうから、また会える日が来ると思うと、イチコは気持ちが明るくなった。

ハントリーの生活は、平穏であった。平穏な毎日が永遠に続くように思えていた2月17日、突然、電報が届いた。差出人は、高須賀米五郎となっていた。なんだか不吉な予感がしたイチコは、急いで電報を読んだ。そこには
「穣、2月15日夜心臓発作にて死亡」と、書かれていた。

穣が死んだ？イチコは信じられなかった。家族の者は、時折風邪をひいたり腹痛を起こしたりして寝込むことがあったが、穣は一度も病気で寝込んだということがなかった。医者といえば、せいぜい歯医者にかかるくらいのものだった。あの健康そのもののパパが私より先に死ぬなんて考えられない。イチコの思考が止まってしまった。

「電報に、何が書いてあったの？」

日本語の読めない昇が聞いた。

「パパがね。亡くなったそうよ」イチコの声はかすれていた。

「え、そんな！」と昇は驚きで絶句してしまった。

倒れそうになったイチコを昇は支えて、「ママ、大丈夫？」と心配そうに聞いた。

それから昇はイチコをベッドに寝かせて、マリオと愛子に父の訃報を伝えた。すると、イチコが横たわっている間、子供たちが集まってきた。

イチコが目覚めた時、食堂から、子供たちが、これからどうすべきかを相談している声が

聞こえた。

「ママは、パパの葬式には間に合わないけれど、日本では死んで49日したあと法事をするとパパが言っていたから、パパの法事には出席できるように、日本に帰るよう手配したはうがいいんじゃないか？」と、昇が言ったが、まずマリオが反対した。

「ママを日本に送るほど、お金のゆとりがないじゃないか」

愛子の声がした。

「まず、ママに、どうしたいか聞いてから、どうするか決めましょうよ。だって、パパが日本に帰るとき、私たち、もうパパには会えないだろうと思っていたわけだし、ママだって、もうパパに会えないことを覚悟していたわけだから」

「そうだな。そうしよう。ママが起きているか見てくるよ」と昇がイチコの部屋に入って来て、「ママ、気分はどう？起きれそう？」と心配そうな声で聞いた。

「大丈夫よ。皆、集まっているのね。私も起きるわ」とイチコは、子供たちの集まっている食堂に寝間着を着たままの姿を現した。

「ママ、大丈夫？」愛子とマリオが同時にイチコに声をかけた。イチコは弱弱しい声で、「大丈夫よ」と答えた。そして、イチコがゆっくり椅子に腰かけると、早速愛子が聞いた。

「ママ、日本に帰りたい？」

「ママは、もう日本には帰らない覚悟で、パパを見送ったのよ。それにパパがまだ生きていれば、日本に帰る意味もあるけれど、パパのいない日本に帰って、どうすればいいと言うの？」

「じゃあ、日本には帰らないのね」と、愛子が念をおすように聞いたら、イチコはこっくりとうなずいた。

「でも、パパのお別れ会はしたいの。パパの知り合いに集まってもらって。そうすると、ママも心のけじめができるわ」

「そうだな。そうしよう。スワンヒルの知り合いが来れるとは思わないけれど。パパは顔の広い人だったから、ハントリーにいる知り合いだけでも、来てもらって、牧師さんに頼んで、教会で告別式をあげてもらおう」

そういうわけで、遺灰もないまま、2月の終わりにグールノンにある教会で、穣の告別式が行われた。その時、遺灰の代わりに、穣がオーストラリアを発つ前に撮った写真が祭壇に飾られた。その写真の穣は、鼻の下にはちょび髭を生やし、あごにはヤギのような長い白いひげを生やし、眉は黒々として、柔和な笑みを浮かべている。告別式には、近所の人が大勢つめかけ、礼拝堂は人でいっぱいになった。今まで見たこともない紳士が、礼拝堂の後ろの方に腰かけているのに気が付いたイチコは、その紳士に声をかけた。

「失礼ですが、どなたでしょうか？」と聞くと、

「僕は昔スワンヒルで、土地の調査官をしていた、ギャリー・ブロートンという者です。たまたまベンディゴのほうに出張に来ていて、穣さんの告別式が今日あることを知って、駆付けました。このたびはご愁傷さまです」と言うと、ブロートンは丁寧に頭を下げた。「ご参列ありがとうございます」とイチコが挨拶をしていると、昇がやってきたので、イチコはブロートンを昇に紹介した。昇は「それじゃあ、ブロートンさんはスワンヒルにいたころの父をご存じなんですね。よろしかったら、一言挨拶していただけないでしょうか」と頼んだ。急な頼みだったが、ブロートンは意外にも快くスピーチを引き受けてくれた。

　ブロートンは皆の前で、穣と初めて会った時のことを次のように語った。

「穣と初めて会ったのは、マレー川のほとりでした。今でもはっきり覚えています。その時の穣は丸太に座り、魚とりの網を繕っていました。その時穣のことは全く知らなかったので、この年老いた小柄な男は、中国人だろうと思いました。でも、近づいてみたら日本人だったので、驚きました。穣は僕を見たら、立ち上がって丁寧にお辞儀をして、微笑みながら『私は高須賀と言います。米の栽培をしています。あなたは？』と尋ねました。彼は礼儀正しくて、貴族的とも思える物腰なので、私は彼に興味を持ちました。日本では何をしていたのか、またなぜ寂しいマレー川の岸辺で世捨て人のように暮らしているか誰も知らないようでした

が、のちに彼が高貴な家の出らしいと聞いたとき、やはりそうだったのかと納得しました」その言葉に参列者の誰もが、そうだ、そうだと言う風にうなずいた。

そのあと、参列者は一応にイチコに、「穣のようなコミュニティーのために骨身を惜しまない人がいなくなって寂しくなった。あなたも気を落とされたでしょうが、これから何かあれば、我々に言ってください。何なりともお手伝いしますよ」と言ってくれた。享年75歳の穣の告別式には、不思議と悲壮感はなかった。穣は生きている間できるだけのことをして、人生を全うして、神に召されて天国に行ったという晴れ晴れしい雰囲気に満ちていた。

オーストラリアでは、キリスト教の告別式をしたわけだが、松山での葬式の後、穣の遺骨は松山市泉町にある父親と継母の墓のそばに葬られた。

それからのイチコは、穣の写真の前で、穣に語り掛ける習慣が身についてしまった。朝起きると、すぐに「おはようございます」と挨拶をし、寝る前は「お休みなさい」と挨拶をする。何か嬉しい事や困ったことがあれば、穣に報告をする。イチコにとって今では穣に話しかける時だけが、日本語を自由に使える時間だった。英語は日常生活に困らないほどには、使えるが、複雑な話になると、いまだに昇を頼りにすることになる。愛子の子供たちは、イチコは英語が話せないと思っている。イチコは愛子の娘、ノーナのことを「ノーニャ」と呼ぶので、そのたびに愛子は、「ノーニャじゃなくて、ノーナよ」と訂正するので、イチコは愛子の前でできるだけ英語を話さないようにしている。両親が英語の母語話者でなかったためか、愛子もマリオも英語の間違いには敏感だった。いつか愛子が結婚する前、一家がスワンヒルに住んでいた頃、家族で教会に行った帰り、愛子とマリオが後ろで話していたことを思い出した。

「ねえ、いくつ見つけた？」と愛子がマリオに聞く。

「2つ」

「2つ？私は3つ見つけたわ」

二人が何の話をしているのか分からず、イチコが

「何の話をしているの？」と聞くと、

「牧師さんが説教するとき、いくつ英語の文法を間違えたかよ」

それを聞いて、イチコは苦笑したものだ。

イチコが穣の死を何とか受け入れられる気持ちになった頃、英国に敵対するドイツとイタリアと同盟を結んだ日本に対して、オーストラリアが宣戦布告をするのも時間の問題のように思える状況になっていた。マリオは、友達が、どんどん義勇防衛軍に志願して、ヨーロッパに向かっているのを目の当たりにして、自分も志願したいと思うようになっていた。イチコは、マリオが従軍したいと言い出したときはぎょっとなり、反対した。

「従軍なんかしたら、死んでしまうわ。オーストラリア人でもないあなたが、何もオーストラリアの母国の英国に忠誠を尽くして戦うこともないわ」

そうイチコが言うと、マリオは顔を真っ赤にして怒り始めた。

「僕は、オーストラリア人だ！」

そういうと、イチコが引き留めるのも聞かず、プイと家を出てしまった。

イチコは、日本にいた時、兵役を逃れるために、あらゆる手段を使っていた若者のことを思い出した。戸主になれば徴兵が免れられると、分家して戸主になったり、跡取りのいない家の養子になったりした話を聞いたことがある。また、中にはオーストラリアに密航してきた若者もいると聞く。それなのに、なぜマリオはよりによって、自分から志願をするのか。おまけに下手をすれば、日本人と殺し合いをしなければいけなくなるではないか。イチコにはマリオの気持ちを解しかねた。

「マリオはどうしてあんなにむきになって従軍を志願するのかしら？」とイチコは昇に聞いてみた。マリオと仲の良い昇なら、マリオの気持ちが分かるのかもしれないと思ったのだ。

「きっと、それは、自分はオーストラリア人だということを証明したいんだと思うよ。オーストラリアのために命を投げ出して戦うというのは、オーストラリアに忠誠を誓う証となるからね」

マリオは日本人の子だといっても、オーストラリアで生まれて、日本のことなど、知ってはいない。それでも容姿が日本人だから、普通のオーストラリア人以上に、自分がこの国に属しているということを証明する必要があるのかもしれない。イチコは、マリオの気持ちが少し理解できるような気がした。しかし、従軍はしてほしくなかった。

その晩遅く帰って来たマリオは、イチコとは目線も合わせようとはしなかった。イチコもこれ以上何を言っても無駄だと諦めた。イチコが反対すれば、きっとマリオは、イチコが自分に日本人としてのアイデンティティーを押し付けようとしているのだと解釈して、ますます反発することだろう。

その晩、イチコは長い間穣の写真の前に座って、穣に子供たちの心が自分の知らない所に行ってしまった寂しさを訴えた。

5月の澄み渡った青空の日、マリオは朝早く家を出た。昇には行先を教えているようだが、イチコには何も言わなかった。しかし、イチコはマリオの朝ご飯の時見せた、かたくなな顔の表情から、ベンディゴに、義勇防衛軍志願に行ったのだろうと予測できた。その日、一日、イチコは落ち着かなかった。やっと夕方になって戻って来たマリオは、元気がなかった。きっと志願を受け入れられなかったのだろうと、イチコは思ったが、あえて、マリオに聞かなかった。昇にあとで聞けばよいと思っていたのだが、夕食の時、マリオのほうから言い出した。

「義勇防衛軍の志願、拒否されたよ。書類に記入する前から、受付の男が僕の顔を見て、白人しか受け入れないと言ったんだ。でも、僕は諦めないからね」

受け入れられなかったと聞いたとき、イチコはほっとした。イチコは、マリオは諦めないと言ってもきっと受け入れられないだろうと、自分に言い聞かせた。オーストラリア人として受け入れられなかったのは、イチコとしても腹立たしいものがあるが、戦争に行かなくても良いと言うのは、喜ばしい事であった。それでも、諦めずにマリオはもう一度義勇防衛軍に志願したが、その時も拒否された。一度拒否されたからと言って、すぐに諦めないところは、穣にそっくりだと、イチコは苦笑いした。

その一か月後のことだった。マリオはメルボルンで、英国の戦いで多くの兵を募集していると聞いて、生まれて初めて汽車に乗ってメルボルンに行った。スペンサー駅（現在のサザンクロス駅）に汽車が着き、街に出てみて、まず人の多さにびっくりした。ぼんやりしていると、人にぶつかりそうになる。背広を着て高帽をかぶっている男たち。長袖の足元までの丈のあるワンピースに身を包んだ女性たち。ハントリーでは、結婚式のときしか見ないような服を着た人が大勢歩いていた。一番びっくりしたのはフリンダース・ストリート駅だった。大きな丸いドームのような天井。レンガの3階建てのまるでイギリスの議事堂を思わせるような大きな建物に、マリオは圧倒された。マリオが目指した市役所も立派な石造りの大きな建物だった。市役所の前には、志願兵募集の幕が大きく張られており、その前には5人ばかりの男たちがテーブルの前に座って、受け付けていた。その受付の前には長い列ができている。こんなにもたくさんの男たちが愛国心に燃えて志願をしているのかと思うと、マリオの気持ちも高ぶった。何とかして受け入れてもらいたい。でも、並んでいる男たちの顔を見ると、アジア人は一人もいない。列を眺めて観察していると、一番人が多く並んでいる列の受付係は、書類を記入するのに忙しくて、余り志願者の顔を見ないように思えた。マリオは、その一番長い列にわざと加わった。一人一人、登録されていき、段々マリオの順番が迫ってきた。ついに自分の番が回って来たので、マリオは深呼吸をついた。受付の男は、何とか早く登録をすませたいと焦っているようで、顔もあげないで聞いた。

「名前は？」

「M,A,R,I,O,」

「姓は？」

「t,a,k,a,s,u,k,a」

「年齢は？」

「三十歳」

「住所は？」

ともかく、その受付係は、マリオの言ったことを書類に書き込んでいくことで忙しく、一度も顔をあげることがなかった。そして、マリオの書類を仕上げると、「次！」と言って、次の男の受付を始めた。

マリオは受け入れられたのである。マリオはわざと自分の名前を言わず、スペリングだけを言った。そのため、日本人の名前であることに受付の男は気が付かなかったのだ。

マリオはその晩意気揚々としてハントリーに戻り、イチコと昇に報告した。

「僕、オーストラリア帝国軍の志願兵として登録してもらえたよ」

イチコは、マリオの志願が受け入れられるはずがないと思っていたので、ショックだった。イチコの絶望感が深まったのは、１９４０年9月27日に日本が、英国の敵国であるドイツとイタリアと三国同盟を結んだと言うニュースを聞いた時だった。それまでも三国間の協定は結んでいたが、この新しくできた同盟では、ドイツ、日本、イタリアは自国を攻めた国に対して、協力して防御に当たると言う結束を強めたものだった。これで、ますますオーストラリアと日本の戦争が回避できない状況になってきているように思われた。

「マリオ。日本人と殺し合いになるかもしれないのよ。日本にはあなたのおじさんやおばさんがいるのよ」と、言ってみたが、マリオは冷たく、「僕はオーストラリア人だ」と言うばかりであった。

マリオは軍事訓練のために、家を出て行った。イチコは、穣が亡くなって1年にもならないのに、今度はマリオまでいなくなってしまったことに悄然としてしまった。それでも、マリオは、穣と似て、筆まめな人間で、しょっちゅう手紙を寄こしてくれたことだけが、イチコの慰めになった。

12月にマリオから　アンチ航空機連隊に所属することになったと、誇らしそうな手紙が来た。

年は明けて、1941年になった。去年のお正月は、イチコにとって穣のいない初めてのお正月だったが、今年は穣もマリオもいない昇と二人だけのお正月を迎えた。いつものように初日の出を見ながら「マリオが無事に戻ってきますようにと」と一心に祈った。

2月16日がやってきた。穣の一周忌の日、イチコは穣の好きだったケーキを作って、穣の写真の前にお供えをした。

「パパ。あなたはずるい。戦争前に逝ってしまって。私のように、マリオが日本人と戦うことになるかもしれないと思うつらさを味わわなくて済んだんだから」と、イチコはついつい穣に愚痴をこぼした。

イチコは後で知ったことだが、5月に入って、ドイツがギリシャのクレタ島に侵入を開始したのに対抗して、マリオはヨーロッパ戦線に送られた。マリオが所属したのは3番目のC部隊である。C部隊は、ヘラクリオ島の飛行場を防御する任務に当てられた。地上にいるマリオの部隊にドイツ軍の戦闘機から銃弾が飛んで来て、激しい撃ち合いになった。マリオの両隣にいた戦友が次々と二人とも敵の銃弾にあたり倒れた。マリオは、それでもひるまずに銃を撃ち続けた。しかし銃弾もつきてしまい、ドイツ軍が進撃してきたので、やむなくボートに乗って退去した。海の中を5時間も漂った末に、英国の駆逐艦キングストンによって救助された時は、心身ともに疲れ切っていた。やっと無事に逃げおおせたと思っていたら、キングストンはドイツの飛行部隊と出くわし、激しい戦闘が始まった。マリオは体を休める暇もなかった。

第七章　戦争

１９４１年12月8日の夕方、突然、イチコの家のドアを激しくたたく音がした。イナコがドアを開けに行くと、すでに昇がドアを開けていて、誰かと話しているのが聞こえた。イチコが覗いてみると、ドアの外に３人の警官が立っていたが、一番先頭に立っている警官は、昇のフットボール仲間のクリスだった。

「どうしたの？」と、恐る恐る聞くと、

「12月8日、日本はアメリカの真珠湾を奇襲攻撃して、アメリカに対して宣戦布告をしたんですよ。アメリカと日本は交戦国になったため、アメリカと同盟国であるオーストラリアも日本に宣戦布告をしました。だから、あなた方は、敵国人として抑留するよう、命令が出たので、高須賀昇を逮捕しに来ました」と、普段の冗談ばかり言っている陽気なクリスとは打って変わって、しゃちほこばった顔で、事務的に用件を述べた。

「とうとう恐れていたことが起こった。日本といつか戦争をするのではないかと思っていたが、私たちは、とうとうオーストラリア人から敵国人とみなされてしまった」と、イナコは暗澹たる思いに陥った。

昇が「僕はともかく、母まで連れて行く気か？」と気色ばんで言った。すると、クリスは

「いや、高須賀イチコは当分の間抑留する必要はないと命令された」と、答えたので、昇は少し拍子抜けした。

高須賀家の人たちは、自分たちの行動が監視されているとは全く気が付かなかったが、1939年頃から、政府は外国人の動向の監視を怠らなかった。外国人登録をさせたのも、その手段の一つだった。調査の一環として、裁判所がナイアの退役したスポーツ選抜委員に高須賀家の噂を聞いたところ、「文句なくベストと言える家の一つだ。高須賀家がナイアから引っ越していった日は、ナイアの住民全員が名残を惜しんで見送った。高須賀家の人々は皆から尊敬されていた」と言う返事が来た。1941年軍の諜報機関も、高須賀穣の名声を認め、軍事大臣に穣の未亡人は、抑留を免除したほうが良いと助言した。フォード軍事大臣は、その助言を受けて、「自分だけの権限で許可することはできないが、穣の未亡人に関して、いつ抑留すべきかと言う日付はない」と南方司令本部に示唆した。つまり、戦争が始まってもすぐに抑留しなくても良いと言う意味合いだった。それを受けて、南方司令本部はイチコの抑留を控えたのだった。

警官たちは、イチコの家を家宅捜査したが、何も疑われるような物を所持していなかったので、昇だけを連れて行った。一人残されたイチコは呆然としてしまった。台所のテーブルにぼんやり座っていると、近所のクライン夫人がやってきた。

「昇が警官に連れていかれたって、本当？」

「イエス」と答えると
「信じられないわ。ジャップと戦争になったとは聞いたけれど、昇はジャップなんかじゃないわ。それなのに、どうして抑留されたの？」

「分からない。それにどうして私も一緒に抑留されなかったのかも、良く分からない。昇のいない家にいても、私はどうしようもないわ。これからどうやって生きていけばいいのかしら」

そう言った時、イチコの目から涙があふれ出た。

「まあ、気の毒な人！」とクライン夫人は、イチコの体を抱いて、背中を軽くたたきながら「大丈夫よ。皆が黙ってはいないわ。昇は私たちで助け出してあげるわ」と言ってくれた。

クライン夫人がイチコを慰めている間に、昇の友達が集まってきた。

「イチコ、僕たちがついているから、昇の代わりに僕たちに何でも言ってくれ」とイチコにやさしい言葉をかけてくれたが、その度に、イチコは目頭を押さえた。昇も私もなんて、幸せな人間だろう。こんなにたくさんの人が、私たちのことを心配してくれている。そう思うと、ありがたさにまたイチコは涙を新たにした。

昇の友達たちは、その翌日から、交代で、昇が残していったトマト栽培の仕事をしに来てくれた。近所の奥さん連中は、イチコがちゃんとご飯を食べているか心配して、家で作ったご飯のおすそ分けをしてくれた。一週間後、愛子が訪ねてきてくれた。

「愛子、あなたも無事だったのね」と、イチコはほっとした。

「英連邦国の市民と結婚している女性は、英連邦国の市民として認められるのよ。だから私も子供たちも大丈夫よ。それに、スワンヒルの人達、私のことを中国人だと思っているわ。私も中国人と言われれても反論しなかったから」と苦笑いをした。

「ママ、兄さんがいない間、うちに来ない？」と、言ってくれた。

「気持ちはありがたいけれど、昇が帰ってきたときのことを考えて、ここにいるわ。幸いにも昇の友達たちが畑仕事をしてくれるし、近所の人や教会の友達も皆親切で毎日のように見に来てくれるわ」

「そう、それなら安心ね。兄さんはいつまで抑留されるのかしら」

「今、昇の友達が皆で嘆願書を書いてくれているわ。それが認められれば、早く帰ってこれると思うわ。あの子がひもじい思いをしているのではないかしらとか、暴行を受けているのではないかしらと思うと、夜も寝られないわ。マリオはマリオで戦争に行ったきりだし」

と、大きなため息をついた。

心細がっている母親を心配して、愛子の一家は毎週のように様子を見に来てくれるようになった。イチコは、毎晩イエスキリストに、昇とマリオの無事を祈る毎日が続いた。

1942年のお正月は、一人で迎えた。一人で眺める初日の出は、自分の小ささを感じさせた。イチコの家には、昼間は訪問客が絶えなかったが、夜一人になると、寂しさが押し寄せて、ついつい枕を涙で濡らしてしまった。

昇が抑留されて一か月後、昇からイチコ宛に、待ちに待った手紙が来た。

イチコは、急いで封を切って、手紙に目を走らせた。

「ママ、元気ですか？

僕は、元気ですから、安心してください。

逮捕をされた後は、メルボルンの北にあるブロードミエドーという所にある兵舎に連れていかれました。そこで、僕はオーストラリアに来て初めて、家族以外の日本人に会いました。こんなにたくさんの日本人に取り囲まれてみると、なんだか、異国にいるような変な気持ちになりました。10人以上いた日本人は、朝日新聞の特派員だった黒住という人、メルボルン大学で日本語を教えていた稲垣と言う人、サーカス団の人達や、それにクリーニング屋さんが4人もいました。農業を営んでいるのは僕だけでした。皆はパパのことをよく知っていました。パパはここにいる日本人の間でも有名人だったのですね。

僕たちは、それから、シェパトンの近くにあるタチューラと言う収容所に連れていかれました。鉄条網で囲まれた収容所に入ったとき、これからどうなるのかと思いましたが、待遇は悪くないです。みんな当番を決められ、食事当番や、掃除当番などが回ってきますが、監視兵はみな日本語が分からないようで、結構自由にさせてくれます。僕は、日本語を使ったことがなかったので、皆の会話についていくのに、苦労しています。もっと、日本語を勉強しておけばよかったと初めて思いました。日本語が分からないのは、僕だけでなく、イタリア生まれの両親が日本人だという女性も、僕以上に日本語が分からないようで、誰とも話しないで、いつも一人でポツンと膝を抱きかかえてうずくまっています。またニューカレドニアなどから送られてきた人たちも多く、子供たちの中には、フランス語しか話せない者もたくさんいます。

食べ物は、食べきれないほど、ふんだんに与えられています。ミルクなどは飲みきれなくて、ミルク風呂にして入っている女性もいます。食べ物の量は多くても、ママの作った料理のようにおいしくないので、ママの料理が恋しいです。

タチューラもベンディゴのように内陸の気候なので、朝晩の気温の変化が激しく、日中は暑いです。

トマト畑はどうなっているのでしょうか？それが気がかりで、いつもそのことばかりを考えています。誰も手入れをする人がいなくて、畑は荒れ果てているのではないでしょうか？　このまま抑留が続けば、ママはどうなるのかと心配でたまりません。ママの近況を教えてください。手紙は検閲されるけれど、受け取ることはできますから、手紙をください」

イチコは昇の手紙を読んで、昇が無事にいることを知り、安心した。食べ物が与えられないのではないかとか、暴行を受けているのではないかと、日夜心配したが、それも杞憂だったことを知り、イチコはほっとした。すぐに、昇に手紙を書いた。

「昇、

お前が元気だと聞いて、安心しました。

トマト畑のことを心配しているようだけれど、心配しないで。お前のフットボール仲間や、クリケット仲間が、かわるがわる畑の手入れをしに来てくれます。おかげで、トマトは順調に育っています。それに、教会の人や、近所の人が、いつも私のことを気にかけて、食べ物を届けてくれたり、様子を見にきてくれたりします。だから、私のことも心配しなくても大丈夫です。

お前の仲間が、皆で、お前の早期釈放のための嘆願書を書いてくれています。たくさんの人が嘆願書に署名をしてくれて、ありがたいことです。だから、お前も、釈放されるのは、そんなに遠いことではないと思います。だから元気を出して待っていてください。

ママより」

イチコの手紙が昇に届いたころ、昇の仲間たちが書いてくれた嘆願書のおかげで、昇の早期釈放に関する傍聴会が開かれることになった。昇の仲間3人が忙しい農家の仕事を休んで、メルボルンで開かれる傍聴会に出席した。

傍聴会の席で牧畜業を営んでいるジョージは、次のように述べた。

「高須賀昇は我々の地域に住む、オーストラリアに忠誠を誓っている市民であります。彼はいつも自分の仕事に専念していて、もし何かやらなければいけないこと、たとえば、皆で共同作業をしなければいけないこととか、病気で困っている人がいると、彼は率先して、皆を助けています。本当に良い市民です。もし車でベンディゴに行くようなことがあれば、ほかにもベンディゴに行く人はいないか聞いて回り、その人たちをベンディゴに連れて行ってくれます。カリフォルニアにいる日系二世と同じように、彼は実用的な農業を実施しているのは、明らかです。彼はトマト作りにかけては、第一級の人です。彼はトマトに関しては植えた時から、種を撒き、そして工場にトマトを持っていくことまで、よく知っています」

いつ早期釈放の知らせが来るかとイチコは心待ちにしていたが、半年ほど、昇の釈放に関して、何の音沙汰もなかった。

イチコは、それからマリオから手紙を受け取った。マリオに昇の抑留を知らせたら、マリオも驚いた風だった。マリオは、昇を敬愛していたから、昇の抑留は納得がいかないようだった。イチコは日本が参戦したことで、マリオも軍の中でいやがらせを受けているのではないかと心配したが、3月になってマリオから来た手紙には、嬉しいニュースが書かれていた。

「ママ、僕は、今度司令官から賞状をもらいました。2月20日の夜、ガザ（今のパレスチナ）で、軍の列車とローカル線の列車が正面衝突をしました。僕はその時軍の列車に乗っていましたが、幸いにも怪我をしなかったので、怪我をした人たちの救助に参加しました。そして仲間2人と一緒に、列車の下敷きになっていた消防士を、自分たちの危険も顧みず、救助したことで、その功績を認められたからです」

イチコは、マリオが敵を殺して賞状をもらったわけではないことが、嬉しかった。イチコとしては、戦争だとはいえ、マリオに人を殺してほしくなかった。

イチコが南方軍司令部から昇に関して手紙を受け取ったのは、昇が抑留されて半年たった1942年5月末のことだった。

それには、次のように書かれていた。

「高須賀昇はオーストラリアの忠誠なる市民と認め、1942年6月4日に釈放することに決定しました」

イチコは、うれしくてたまらず、早くこのニュースを伝えたいと思い、すぐにトマト畑で仕事をしていた昇の親友、ジョンの所に手紙を見せに行った。

手紙を読んだジョンは「やったあ！」と叫ぶと、イチコを抱きかかえて、クルクルと回った。皆の思いが、昇の釈放につながったと、イチコはうれし涙を流した。

釈放される昇を、ジョンは自分が迎えに行くと言って、何百キロもある道を自分のトラックで、昇を迎えに行ってくれた。イチコは家で昇のために、昇の好きな料理を作るのに余念がなかった。今晩は、昇もジョンも疲れ切っているだろうから、今日はできないにしても、今週の日曜日には、昇の釈放のために奔走してくれた昇の友達や愛子の家族を呼んで、お祝いをしようと、久しぶりで心を躍らせた。

イチコの前に現れた昇は、イチコが心配したようにやつれているどころか、少し太った感じだった。

「ちょっと、太ったんじゃないの？」とイチコが言うと、

「毎日することがなくて、運動不足だったからね」と言った。確かに収容所に入る前の昇は朝から晩まで畑仕事をして、土、日はテニスやフットボールをしに行って、いつも体を動かしていた。

イチコが用意していた晩御飯を見ると、昇は目を輝かせて、

「久しぶりに、ママの料理が食べられる。嬉しいなあ」と、喜んだ。

昇が帰ってきてから、また以前の平穏な日々が始まった。

7月19日の朝起きると、霜がおりていた。イチコは、霜の降りたユーカリの木の垂れた枝の葉を見て、日本でよく見たやなぎを思い出し、次のような短歌をしたためた。

おくしもに　がむの老木は　えだをたれ　やなぎのごとく　見ゆる朝かな

イチコは時折日本の美しい景色を思い出し、短歌を作って、日記に書き込んだ。

昇は、近所の若者、ビル、ルース、エイミー、それにビッキーに手伝ってもらい、トマト栽培を再開した。トマトの種を撒いたり、水をやったり、収穫して、箱詰めにする。そのままトマトを出荷することが多かったが、少し形がいびつなトマトは、トマトソース用に、ホワイトクローという会社に売ったりすることもあった。トマト栽培は順調に進んだ。夕方になると近所の人が、自分のうちになったリンゴなどを届けてくれたりして、雑談をして帰ることも多かった。日曜日には、教会に行って、教会の会員との交流があった。昇は、以前のように時折テニスのトーナメントに出かけた。とはいえ、昇は無条件にどこでも出かけられるわけではなかった。昇が釈放された時、ハントリーを出る時は、あらかじめ許可をとっておかなければいけないという条件付きだったので、時折不便なこともあった。１９４４年の年の瀬も押し迫ったある日、イチコの体調が思わしくないので、ベンディゴの医者に連れて行こうと思った時、まず警察に旅行許可書取得のための申請書を提出しなければならなかった。１９４４年12月15日付けに昇に発行された許可書には、条件として「１９４４年12月15日午前9時より１９４４年12月15日午後6時まで、ベンディゴに医者に行くこと」と、時間や目的も克明に書かれている。

イチコのまわりは、表面上は今まで通り平穏に流れて行った。それでも時折不安で夜中に目が覚めてしまうことがある。松山にいる弟や妹の家族のことが心配になる。しかし敵国となった今、日本に手紙を出して、弟や妹の安否を聞くこともできなかった。

もう一つの心痛は、勿論マリオのことである。マリオがどこの戦線で戦っているのか、よくわからない。ヨーロッパ戦線では多くの人が死んだ。時折来る手紙と小包だけが、マリオの生存を確認する手段だった。少し話は逆戻りするが、１９４４年の3月のある日、マリオから小包が届き、何だろうかと、久しぶりに胸をどきどきさせながら開くと、蝶々のハクセイが入っていた。差し出した場所はニューギニアになっていた。マリオはどうやらニューギニアにいるようである。さっそく蝶の剥製を壁に飾った。

マリオから、休暇が取れたので帰宅をすると言う手紙が来たのは、その一か月後のことであった。5月9日に帰宅すると言う手紙を受け取ってからは、イチコはカレンダーに赤い丸印をして、その日が来るのを待ちわびた。

その日、昇は午後9時半に帰宅予定のマリオを迎えにベンディゴの駅に行った。いつもは10時には寝てしまうイチコは、その晩は、マリオが帰ってくるまで起きて待っていた。

10時半になって、外で車の停まる音が聞こえ、イチコは、急いで表に出て、トラックの助手席から降りてくるマリオを見て、走り寄った。マリオは、「ママ、戻ったよ」といつもの笑顔を浮かべて、イチコをハグした。そして、「これお土産だよ」と袋を渡してくれた。開けてみると、暖かそうなスリッパが入っていた。これから寒くなるので、暖かそうなスリッパはありがたかった。

その晩は、マリオの戦場での話に夜が更けるのも忘れて、イチコも昇も聞き入った。まず、マリオは自分のもらった勲章を誇らしげに見せた。ガザで列車事故でけがをした人たちを救助した時にもらったものだった。

「日本が参戦した後は、僕が日本人だからっていうので、司令部から僕に後方に回れと命令が出たんだ。だから、僕は『日本人と戦うのも厭いません、前線にいたいんです』って抗議したんだ。そしたら僕の上官が僕を応援してくれて、『タカスカはクレタ島で活躍した模範的な兵士です。ですから、砲兵下士官に推薦します』と昇進のための推薦状まで書いてくれたんだよ。それから、ニューギニア勤務になって、銃軍曹に昇進したんだ」と肩についている軍曹の階級を示す勲章を誇らしげに見せてくれた。イチコは、とうとうマリオは日本軍と戦う羽目になったのかと大きなため息をついた。日本にはすでに両親はいないが弟や妹の家族がいる。特にすぐ下の妹の登美とはオーストラリアに来てからも時折手紙のやり取りをしており、頼んだものを小包にして送ってもらったりしていた。オーストラリアにも勝ってほしいが、日本にも負けてほしくないと言う複雑な気持ちに陥った。その時突然母から聞かされたおとぎ話を思い出した。ある老婆が雨が降ると下駄屋の息子の商売がうまくいかなくなるのではないかと心配し、晴れると傘屋の息子の商売のことを心配し、心が休まることがなかったと言う話。なんだか、自分もその老婆に似て来たのではないかと苦笑した。なるようにしかならない。オーストラリアが勝てば、息子の喜びをともにしようと、心に決めた。そうすると、少し気が楽になった。

マリオはニューギニアでは日本軍と戦っているはずだが、ニューギニアでの戦闘は一切口にしなかった。マリオの母親に対する気遣いがあったからだが、イチコも敢えて、戦闘のことは聞かなかった。また聞きたくもなかった。

家に帰ったマリオはじっとはしていなかった。翌日から自分の持って帰って来た汚れた服を洗濯し、それが済むと友達のうちに遊びに行った。マリオの滞在期間は短かったが、イチコはマリオのいる間、マリオの好きな肉や、和洋折衷の得意な料理を食べさせることに熱中し、休暇がすむと、またマリオを戦場に送り出した。

またもや、いつもの日常生活が戻ってきた。しかし、イチコは体調を崩すことが多くなった。穣がいたころも、時折気分が悪くて2，3日寝込むことはあったが、最近は頻繁に鼻血がでるようになった。ある日などは、鼻血が止まらず、その量のおびただしさにびっくりした昇が、医者を呼んできたこともあった。その時、医者から「過労ですね」と言われ、近所から畑仕事を手伝いに来ていたエイミーに、家事の手伝いも頼むようになった。イチコも69歳になっていた。

1945年の8月15日、日本の敗戦の報が、イチコ達のもとに届いた。イチコのオーストラリア人の知り合いも昇も、オーストラリアの勝利に戦争が終わったことに、お祭り気分になった。イチコ達が住んでいる町が戦場になったことはないのだが、戦場に息子を送っていた知人も多かったので、道で会う人々の顔は明るくなっていた。イチコも、これでマリオが帰ってくると思うと喜ばしい気持ちではあったが、日本にいる登美達のこれからの暮らしを思うと、他の人のように晴れ晴れとした気分にはなれなかった。しかし、この気持ちは、きっと昇にもマリオにも分かってもらえないだろうと思うと、自分の思いは誰にも告げることができず、心の奥深くにしまい込んだ。

ようやくの思いで登美に出した手紙には、一か月ばかり経ってから返事がきた。それによると、登美の息子はフィリピンで戦死したけれど、登美の家は空襲を免れ、息子以外は全員無事だということだった。甥の死は痛ましかったが、妹が無事でいたことはうれしかった。

マリオが帰って来た時、イチコは思わずうれし泣きをした。マリオだって甥と同じように戦死する可能性は十分にあったのだから。マリオの歓迎会をするため、腕によりをかけて、マリオの好物のステーキなどを焼いた。勿論平生ステーキを食べることはなかったが、この日は特別だった。おいしそうにステーキをほおばるマリオを見て、イチコは久しぶりに幸せな気分に浸ることができた。しかし、その幸せな気分も長くは続かなかった。これで、またマリオと昇と一緒に暮らすことができると思っていたイチコに、マリオは「僕は、タイアブに行って果樹園を作ろうと思うんだ」と言い出し、昇とイチコを驚かせた。

「タイアブって、どこにあるの?」

イチコにとってはタイアブと言う場所からして、初耳だった。

「モーニング半島の先にあるところだよ」

「え、それじゃあ、メルボルンよりももっと遠いところじゃない」

モーニングトン半島はメルボルンの東南にある。

「うん。果樹を育てるのに適しているんだ。ここはもう兄さん一人でやっていけるよ。だから僕は僕で、自分の道を切り開こうと思うんだ」

マリオの決心を、昇もイチコも止めることはできなかった。確かに昇と一緒に働けば、一国一城の主にはなれない。マリオは穣に似て、チャレンジすることが好きだった。

マリオが去った後、またイチコには昇と二人きりの生活が始まった。

第八章　戦後

タイアブに行ったマリオは、今まで通り筆まめで、2週間に一回は手紙を書いてよこした。それによると、果樹園は成功しているようで、イチコを安心させた。

1949年の初め、マリオから結婚すると知らせが届いた。来週、フィアンセを連れて行くと手紙を受け取ったときは、イチコも昇も驚いたが、よく考えてみると、マリオもすでに40歳近くなっていた。イチコは、マリオがどんなフィアンセを連れてくるのかと頭に思い浮かべては、その1週間を胸をワクワクさせながら過ごした。

昇がベンディゴ駅に迎えに行き、連れて帰ったマリオのフィアンセを見て、イチコはいっぺんにその女性が好きになった。イチコの前に現れたのは、丸顔の優しい目をした美人の白人の女性だった。

「ママ、僕の婚約者のマイラだよ。マイラ、こちらが僕のママ」

握手を交わすと、彼女の暖かいすべすべした白い手が、イチコには印象的だった。イチコの手は、長年の畑仕事の手伝いや家事などでしわだらけで黒く、老人特有の斑点も目立った。

マイラに気に入ってもらえるかどうか心配して出した和洋折衷の料理も、マイラは「とってても、おいしいです」と喜んで食べてくれた。マリオは優しい人と出会って、本当に良かったとイチコは満足だった。

「結婚式は、どうするの？」と聞くイチコに、マリオは、

「彼女は両親も兄弟もいない人だから、結婚登録をするだけで、結婚式はしなくてもいいって言うんだ。だから結婚式なんてしないことにしたんだ」

「そうなの」とイチコは答えたものの、こんなかわいい人にウエディングドレスを着せたら、どんなに素敵だろうと思った。

マリオ達二人と一緒に、イチコたちの住む家の前で、昇も含めて4人で、記念写真を撮った。写真の中のイチコは、少しはにかんだような顔をしていた。

マリオは、マイラに、イチコのことを自慢した。

「ママってね、すごい人なんだ。お料理も上手だし裁縫もできるし、琵琶だって弾けるんだ」

「琵琶って、何？」とマイラが聞くと、

「ママ、ママがよく歌っていた日本の歌、マイラにも聞かせてやってよ」

マリオのリクエストに応えて、イチコは久しぶりに琵琶を取り出し、昔穣とよく一緒に歌った歌を歌い始めた。

「野毛の山からノーエ、野毛の山からノーエ、野毛のサイサイ、山から異人館を見れば
お鉄砲かついでノーエ、お鉄砲かついでノーエ　お鉄砲サイサイ、担いで小隊すすめ

天満橋からノーエ、天満橋からノーエ、天満サイサイ、端から白の馬場（ばんば）を見れば
お鉄砲かついでノーエ、お鉄砲かついでノーエ　お鉄砲サイサイ、担いで小隊すすめ」

ソプラノの透き通るような声だった。昇もマリオも歌詞の意味がわからなかったが、手拍子をとり始め、昔両親が一緒に楽しそうに歌っていたことを思い出した。マイラは、そんな三人を、物珍しそうに見ていたが、やがて、手拍子に加わり、イチコの歌に聞き入った。しんみりとした、しかし皆が幸せを感じた夜だった。

マリオたちが帰ったあと、イチコは久しぶりにミシンを取り出し、熱心に服を縫い始めた。マイラのためのウエディングドレスを作ろうと思い立ったのだ。昔はウエディングドレスなど1週間で縫うことができたのに、最近は動作が緩慢になっていて、仕上げるのに1か月かかった。できあがったドレスを見て、イチコは満足だった。イチコはマイラがウエディングドレスを受け取った時のうれしそうな顔を心に思い描いて、すぐにドレスを郵送した。

ドレスを送ってから3週間後、マイラから手紙が届いた。

「素敵なウエディングドレス、ありがとうございました。うれしくて、すぐにマリオと一緒に写真屋に行って写真を撮りましたので、お送りします」

写真に写ったウエディングドレスを着たマイラのうれしそうな顔、そして照れくさそうに

マイラのそばに立っているマリオを見て、イチコも自分がウエディングドレスを着たような、幸せな気分になった。

マリオも愛子もそれぞれの家庭を持ったが、昇は全く結婚する様子がなかった。イナコは、昇が自分のせいで結婚しないのではないかと、心を痛め始めた。昇にはたくさん友達がいるし、昇に好意を寄せる女性も現れなかったわけではなかったが、結婚となると、昇のほうが躊躇しているようだった。オーストラリア人の女性が、夫の親と同居するなんて考えられない。つまり、結婚をすると、昇まで家を出ることになり、イチコは一人で暮らさなければならなくなる。母親思いの昇には、そんなことは耐えられないのだろうと、イチコには推測できた。

家族がバラバラになってしまったが、イチコにとって、愛子とアイビー、そして二人の間にできた4人の子供たちが時折訪問してくれるのが唯一の楽しみになった。アイビーの運転するトラックの荷台に乗って来る孫たちは、みんな元気いっぱいで、「おばあちゃん、魚釣りに行こう」とか、「ピクニックに行こう」「今日は復活祭のお祝いの行列があるから、みんなで見に行こう」と誘ってくれる。長男のマレーは15歳にもなった。次男のヘンリーが12歳、長女のノーナが11歳。そして末っ子のフランクは8歳になっていた。

71歳になったイチコは、相も変わらずノーナをノーニャと呼んで、「ママったら、」と、愛子のひんしゅくを買うが、昔のように、娘に叱られたからと言って傷つくようなことはなくなっていた。孫たちにとって、イチコは威厳を持ったところもあるが、いつもやさしく見守ってくれる存在だった。孫たちがいたずらしても一度として声を張り上げて叱ることはなかった。

イチコが80歳を越えたころ、昇はイチコののど元が腫れて来たのに気付いた。

「ママ、のどが腫れているみたいだけれど、どうしたの？」

「さあ、どうしたのかしら、のどは痛くもかゆくもないんだけれど、そう言えば最近声が出にくくなったわ」

昇は、すぐにイチコを医者に連れて行ったが、医者の診断は、甲状腺腫だった。いまでこそ、甲状腺腫は癌になったとしても比較的治療のしやすい病気だと言われているが、その頃、これといった治療法もなく、昇は途方に暮れてしまった。昇としては、できるだけ家でイチコの介護をしようと思っていたが、トマト栽培に追われている毎日では、イチコの介護もすることもままならず、家での介護の限界を感じ、昇はイチコを受け入れてくれる病院を必死になって探した。やっと老人介護も可能だという、Benevolent Home（現在のAnne Caudle）という病院をベンディゴに見つけ、イチコを入院させた。イチコが入院して3か月たった1956年8月8日の寒い朝、イチコの容態が急変した。

イチコが危篤と聞き、家族全員、イチコの枕元に駆け付けた。

イチコはかすれていく意識の中で、自分を取り囲む家族の顔を、一人ひとり見ていった。皆の顔が曇ったガラスを通したように見える。一番左にいるのが、長男の昇。その右にいるのは娘の愛子と愛子のつれあいのアイビー。そして愛子の後ろに隠れるように見える4人の子供の顔は、愛子の子供たちのマレー、ヘンリー、ノーナ、そしてフランク。そして一番右にいるのは次男のマリオとマリオの妻マイラ。一人一人見て行ったが、皆不安そうな顔をしている。

「無理もない。私は死を間近にしているのだ。自分でも死が近づいているのが分かる」とイチコは心の中でつぶやいた。

イチコが目を閉じると、イチコの目の前で、今までの自分の一生が走馬灯のように流れて行った。

イチコが最初に思い出したのは、穣に初めて会った見合いの席だった。1898年の事だった。あの頃はパパは松山の選挙区から選出された衆議院議員だった。見合いの席でも、「別子銅山反対、義務教育の無料化、薬の印税値下げ」などを、まるで政治演説のように、今にも唾が飛び散ってきそうなくらいの情熱をこめて語ったパパ。私は、パパの世の中を良くしていこうというほとばしでるような情熱に心動かされて、結婚したのだ。見合いした後、すぐに衆議院が解散になったから、結婚したのがあなたの衆議院議員再選のための選挙運動たけなわなときで、甘い新婚生活なんてなかった。でも、めでたく衆議院議員に再選して、私たちは松山を離れて東京に行ったわね。

そして昇が生まれた時、あなたは本当にうれしそうだった。そして、「僕がパパだよ」と赤ん坊の昇に挨拶したわね。明治のあの頃、「パパ」なんて子供に呼ばせる人はいなかった。アメリカで学位まで取ったあなたは、ちょっとした英語かぶれで、昇に自分のことは「パパ」、私のことは「ママ」って呼ばせたわね。

それから昇が3歳の時に、愛子が生まれた。でも愛子が生まれた時は、衆議員をやめたあとだったわ。愛子が生まれる前の年、衆議院が解散してしまった。3回目の選挙運動のための資金不足で衆議員選挙に再出馬するのを諦めて、これから何をしようかと模索中だったパパ。そのためかもしれないけれど、愛子の誕生には、昇の時ほど、関心を持ってくれなかったわね。

そして、突然、オーストラリアでビジネスをするなんて言った時は、私は腰を抜かすくらい驚いたわ。そのころ外国に行く人は少なかったし、一度行くと、次はいつ帰ってこれるかわからない時代だったから。それに、あなたは英語はお手の物だったけれど、私は英語なんて勉強したこともなかったから、不安で仕方なかったわ。でも、母から夫に従うことが女としての務めだと教えられていたから、あなたに黙ってついてきたわ。いまでもその日のことははっきり覚えているわ。一か月もの船旅のあと、メルボルンについたとき、私は、まるで巨人の国に来たように思ったわ。私は150センチにも満たない小さい女だったし、あなたも日本人としても小柄だったから、初めて街を歩いたとき、大木の合間を縫って歩いているような、奇妙な気分に陥ったわ。それが、1905年の事だった。

それからあなたが「高須賀ダイト・アンド・カンパニー」なんて会社を作って、輸入業者になってクイーンズ・ストリートにお店を開いたけれど、あまりビジネスはうまくいかなかったわね。そんな時、ストットさんに頼まれて「ストット・アンド・ホア　ビジネス・カレッジ」で日本語を教えるアルバイトをしたわね。後で聞いたところによると、オーストラリアで教室で日本語を教えた日本人って、あなたが初めてだったんですって。

メルボルンに来る前は家事などは女中がやっていたから、小さな子供二人抱えての初めての家事は大変だった。おまけに一歩家を出れば英語の世界。でも何とか一人でお買い物などできるようになったとき、オーストラリアからの退去命令が来たわね。その頃のオーストラリアと来たら、白豪主義を貫いていて、私たちアジア人を受け入れてくれなかった。あなたが日本領事の協力を得て1年間のビザの延長を勝ち取ることに成功したけれど、その1年もすぐに過ぎてしまっていた。それから、あなたは米作りをすると言い始めて、メルボルンの会社をたたんで、スワンヒルの北にあるナイアに移っていったわね。あなたは、米作りに成功すれば、土地を政府から購入できると約束を取り付けて、張り切っていたわ。でも、本当のことを言うと、農夫なんて一度もしたことのないあなたが、お米作りなんかできるはずはないと思ったわ。でも、あなたは義父様からお米の種子を送ってもらって、お米の試作に没頭し始めたわね。でも、羊に稲を食べられたり、洪水に見舞われたり、干害にあったりと、くる年もくる年も不作の連続だった。そんな中で末っ子のマリオが生まれたわ。あの頃が、私たちにとって一番苦しい時だったわ。試作を始めて6年目にやっと米作りに成功したわね。あの時どんなにうれしかったことか。あなたの米作りの成功は、新聞にまで載ったわ。「日本人による米試作」と言う見出しで記事が出て、パパは一躍有名人になったわね。

楽しいことって、ほかにもあったわ。それは愛子が首席で小学校を卒業した時。とっても誇らしかったわ。そして昇がテニスの試合で優勝した時。子供たちは私たちの喜びの源だったって言っていいわ。昇はフットボールに、クリケット、テニス、水泳と、スポーツ万能だった。あるときなどは川でおぼれかかった男の子を助けたこともあったわ。

悲しいことも多かった。うちが貧乏だったから、昇が、頭の良い愛子を上級の学校に行かせるため、学校をやめてしまったこと。昇は近所の農家の手伝いをして、もらった駄賃の一部を、愛子の教育費に使ってくれと言って渡してくれた。長男の昇にまともに教育を受けさせてやれなかったのは、親として情けなかったわ。

結局、米作りに1度成功したそのあとも、洪水の被害を受けないようにと堤防づくりに忙しくて耕作もできず、やっと堤防ができて種子を植えれたときには4年もたっていたわ。そしてその種子からは芽がでてこなかった。4年も種子は納屋に保存されていたので、古くなりすぎていたのね。米もできずお金に困ったあなたは、マレー川から魚を釣ってきて、それをメルボルンに出荷していた時もあったわね。

あなたが苦労したのは、米作りだけではなかったわね。永住権をとるために、弁護士に相談したり、政治家に嘆願書を出したりして、やっと永住権が取れたのは、1924年。オーストラリアに渡って来てから20年近くたってからだったわ。

愛子が結婚したのは愛子がもう29歳の時だったわ。師範学校を出た後、小学校で教師をしていたけれど、もう結婚相手がみつからないのではないかと心配していたら、イギリスから移民してきたアイビー・ワッターズという男にプロポーズされて、結婚したわ。でもイギリスからアイビーと一緒に移民してきたアイビーのお兄さんは、アイビーの結婚相手が日本人だと知って、アイビーとの縁を切って、パースに一人で行ってしまった。愛子にとっても私たちにとっても、とてもショックなことだったわ。

愛子が結婚した翌年に、パパは米作りを諦めて、スワンヒルから2時間ぐらいかかるベンディゴ近くのハントリーに引っ越しすることにしたわね。その時は、村中の人が見送りに来てくれた。

ハントリーでは米作りは諦めて、たけのこを植えたり、トマトを栽培したり、あなたの探求心は全然変わらなかったわね。でも、あなたは、ハントリーに移って間もなく子供たちに土地を譲って引退したわ。そのあと、昇とマリオは共同してトマト栽培に励んで成功して、やっと生活の基盤ができて、私もこれで一安心だと思っていたわ。でも、あなたのお母さんが亡くなった知らせを聞いて、日本に帰ろうと言い出したあなたに、あの時、私は初めて逆らって、一緒に日本に帰らなかった。今から思えば、一緒に帰らなくってよかったわ。だって、日本に帰って1年もしないうちに、あなたは心臓発作で突然死んでしまったのですもの。あなたの訃報を聞いたとき、目の前が真っ暗になったわ。

あなたが死んで、間もなくして、第二次世界大戦が始まったわ。日本とオーストラリアは敵国になってしまったの。マリオはどうしたと思う?あの子はオーストラリア軍に従軍を志願して何度も拒否されても諦めずに、3度目にやっと受け入れられて意気揚々として、ヨーロッパに行ってしまったのよ。あの子は、オーストラリアで生まれたから、日本人としての自覚は全くなかった。ニューギニアに送られたマリオが日本軍にでも殺されたらと思うと、夜もおちおち眠れなかった。昇は敵国人としてタチューラという収容所に抑留されてしまった。昇もマリオもいなくなった家で一人で暮らすのは心細かったわ。助けてくれたのは、教会の人たちや近所の人たち。そして昇の友達。あの子は本当に友達に恵まれていたわ。フットボール仲間、テニスの友達、クリケット仲間に釣り友達。教会の仲間。昇が抑留されている間、昇のトマト畑まで、皆で面倒を見てくれたし、しょっちゅう、私のことを心配して訪ねて来てくれた。それに昇の友達が請願運動を起こしてくれたおかげで、昇は抑留された6か月後には戻ってこれたの。昇は帰ってきてから、2、3人の人を雇って、大々的にトマト栽培に専念したわ。

　戦争が終わって、マリオも無事に戻ってきてくれたときには、本当にほっとした。頭の上にいつも雨雲がかかっているような気分だったのが、終戦で、頭がすっきりしたような気分だったわ。勿論日本にいる弟や妹の家族が気がかりだったけれど。

　苦しいことも多かったけれど、楽しいことも多かった。これもイエス様のおかげだと思う。オーストラリアに来てから毎週日曜日は家族で教会に行くことを欠かさなかった。愛子は結婚して教員をやめた後は、教会の婦人部で活躍しているみたいだし、昇はグールノンの教会の幹部になっている。私たち家族は、キリスト教の教えに支えられてきたと思う。

　私ももう80歳。もう何も思い残すことないわ。

もうすぐ会うことができるわね、パパ。

トンネルに落ち込んでいく。辺りはまばゆいばかりの光で包まれている。心やすらかな気持ちだわ。昇、愛子、マリオ、さようなら。ママは、パパのところに行きます。だから、私が死んでも嘆かないで。


昇たちには、イチコの声は聞こえなかったが、「ご臨終です」と医者に言われて見たイチコの死に顔は穏やかで、少し微笑んでいるようにさえ見えた。

イチコの葬式は、グールノンの小さな教会で行われた。教会にはイチコや穣を知る人々、そして昇の友人たちで溢れかえり、中には入りきらなくて外で牧師の聖書の朗読を聞く人たちもいた。参列者は、イチコの子供たち以外は皆白人だった。イチコはスワンヒルでも、ベンディゴでも、家族以外の日本人と接触することなく生涯を過ごした。

「イチコさんの料理はおいしかったなあ」と、イチコのことを懐かしげに言う近所の人の言葉を聞いて、愛子はクスっと笑った。マレーが不思議に思って聞くと、「おばあちゃんの料理の秘訣はね、味の素をたくさん使うことだったのよ」と言った。それを聞いて、昇はイチコが、松山の妹に日本から送ってもらっていたものの中に、いつも味の素があったことを思い出した。一度も声を荒げることもなく、いつもニコニコと笑みをたたえ、どんな逆境にたっても愚痴をこぼさなかったイチコ。葬式を済ませた後、家族だけが集まったとき、マリオはいみじくも言った。「ママは、すごい人だったね」その言葉に、皆大きくうなずいた。
皆が帰り、一人になった昇は、翌日花束を持ってイチコの墓参りをした。墓の前で、昇はイチコに聞いた。
「ママは、自分がオーストラリア人だと思っていたの？それとも日本人だと思っていたの？」
昇の問いに答えるように、そよ風に乗って、懐かしいイチコの声が聞こえて来た。
「そんなこと、きまっているじゃない。勿論日本人よ」
今でもグールノンの墓地に、イチコは眠っている。そのイチコの墓石には、次のように書かれている。
「我々の愛する母の想い出に
　高須賀イチコ
１９５６年８月８日　享年80歳
亡き高須賀伊三郎とイチコの息子、高須賀昇
１９００年２月19日　東京で生まれ、１９７２年10月７日死去す
偉大なるオーストラリア人」

エピローグ

イチコが他界した後にも高須賀家は、オーストラリアの地に根をおろして、今でも、時折語られる存在である。

イチコは知る由もなかったが、１９６４－７０年の５年間、昇は、ハントリー地区の地方議員となり、郡長にも選ばれた。オーストラリアでは初めてのアジア人の自治体の長であった。イチコの死後、昇は２度結婚したが、子供に恵まれなかった。グールノンのイチコの墓石には、昇も一緒に埋められているかのように書かれているが、実際には、昇の墓は２度目の妻アリスと共に、メルボルンにある。イチコの墓石を一つ飛んだ右側には、昇の最初の妻、ネリー・エベリン・高須賀の墓がある。昇はネリーとは死別している。

１９９４年に、リートン区の区長ら代表団と共に、愛子の子供たち４人は、松山を訪れ、穣の墓参りをした。その墓参りの模様は、愛媛テレビのドキュメンタリーとして放映された。

今でもいたるところで、高須賀家の人々の足跡を見ることができる。

スワンヒルの開拓者博物館には、高須賀一家の残した遺品が陳列されている。陳列されていない物も、予約を入れれば、見せてもらえる。またメルボルンの科学館には、１９１７年に寄贈されたと言う、高須賀穣が品種改良をした高須賀米の種子と高須賀米の稲の穂が田んぼ一面に実っている写真で作られた絵葉書が保管されている。これらは貴重品として保管されており、予約を入れないと見せてもらえない。メルボルン市にある移民博物館では高須賀家の写真を誰でも見ることができる。スワンヒル郊外、ナイア・フォーレスト（Nyah Forest）にある穣が堤防作りに奮闘した土地に続く道は「Takasuka Road（高須賀道）」と名付けられ、道路の突き当りには高須賀穣をたたえる石碑が作られている。また、ベンディゴ郊外のグールノンのセント・ジョージ教会のステンドグラスには、稲を持った昇が描かれている。デイビッド・シソンによると、昇の集めた花や野生動物の三千枚にものぼるカラーのスライドが、ベンディゴのBendigo Field Naturalist Clubにあるそうである。ただ残念なことに、高須賀の名をつぐ者は、オーストラリアには、もう誰もいない。昇にもマリオにも子供がいなかったからである。しかし、愛子は４人の子供に恵まれた。２０１５年10月に愛子の末っ子のフランクが亡くなったものの、穣とイチコの血を引く３人の孫が今も健在である。

あとがき

久保田満里子

この物語はあえて高須賀穣を主人公にするのをやめ、妻のイチコを主人公にしました。それは、筆者が女であるため、イチコの心情のほうが理解しやすかったからです。また高須賀穣の功績よりも、外国に住む日本人のアイデンティティの問題など、外国に住むが故の様々な葛藤を描くことに焦点をあてたかったからです。

この物語を書くにあたって、できるだけ調査結果に忠実であることを心掛けましたが、資料の欠如している部分は、筆者の想像力で補ったので、事実と違う点があることをおわびします。日本におけるイチコに関しては、松山地方裁判所の判事の娘で、白生と言う弟と登美と登池という妹がいたことと、渡辺洋裁学校（東京家政大学の前身）で学んだという情報しか得られなかったため、第一章の大半と第二章の一部はフィクションです。また調査の結果、矛盾することも色々出て来て困ったときは、筆者が適当に判断しました。その一つが、イチコが弾いていたという楽器です。マリオの話では、「たった4本しかない弦のない細長い楽器だった」というので、日本伝統音楽の専門家のフラビン博士のアドバイスも受けて琵琶だと判断したのですが、ノーナさんがおばあさんが弾いていた楽器だと言って見せてくれたのは、ジザーでした。琵琶かジザーか、どちらにするか迷いましたが、琵琶のほうを選択しました。また1940年後半に撮られたという写真に、マリオの奥さんが一緒に写っていましたが、1940年というと、マリオがオーストラリア帝国軍に入った年です。それにイチコが1944年に書いた日記にはマリオが結婚しているとは一言も書かれていません。また選挙人名簿にマリオの奥さんの名前、マイラ・エドナ・タカスカの名前がはじめてあらわれるのが1949年なので、1949年に結婚したものと判断しました。

穣がオーストラリアに移住する前に、いつオーストラリアに行ったかも定かでありません。黒住教の方の調査では衆議院議員になる前、外交官をしていた時、オーストラリアに行ったことがあるということです。しかしメルボルンの総領事館で調べてもらったところ、穣がオーストラリアに外交官としてきたと言う記録は残っていません。また、どの資料にも衆議院議員になる前に外交官だったと言う記述が見つかりませんでしたし、穣は衆議院議員になる前は欧州旅行をしていたということなので、外交官になった時期が分かりませんでした。穣が衆議院議員の時代にオーストラリアを訪れたと言う記録もありませんが、いつオーストラリアに来たのかということに関しては、筆者が勝手に衆議院議員時代に設定しました。

人名が分からなかったものは筆者が勝手に名前を付けました。アンチークの店を開くアイディアをくれたアメリカ時代の友人の野田、スワンヒルに行ってイチコが初めて親しくしたジェンキンズ夫人、昇を逮捕しに来た昇の友人のクリス、昇の早期釈放のための傍聴会に出席したジョージなどがその例です。パブの話はフィクションで、パブの主人スティーブも架空の人物です。

一番活用させてもらったのはイチコの日記ですが、イチコの日記の手書きの文を判読するのは容易ではありませんでした。まだ完全に全部を判読できたわけではありませんが、第二言語習得研究が専門だった筆者にとって、非常に興味深いものでした。スワンヒルは、スオンヒル、バースデーは、ボースデーとオーストラリア訛の記述がされています。また英語と日本語が混合している文はたくさんあり、特に農業用語に関しては英語が混じることが多かったです。「カルチベート（耕作）する」「プロー（すきで耕す）する」「ピック（採取）」「ウヰーデング（草取り）」など、イチコは日本で農業の経験がなかったため、英語を使用することが多かったと思われます。一番驚いたのは、イチコが夫の穣のことを「パパ」と呼んでいることです。明治の頃、両親を「パパ」「ママ」と呼ぶ家庭は珍しかったのではないかと思います。また、イチコの日記に時折短歌が書かれていましたが、それを読むと四季の風物をめでる日本人の心をイチコはいつまでも忘れずに持ち続けたのだと、感銘を受けました。

穣のお孫さんのマレー・ワッターズさんに、どうして穣はあれほどまでに米作りに情熱を燃やすことができたのか質問したところ、「永住権が欲しかったからだよ」と言われました。それだけだったのでしょうか。残念ながら、穣の米作りの動機は、私には分からずじまいでした。

今でこそ、多文化社会の国として発展しているオーストラリアですが、高須賀家の人々がオーストラリアに移住した1905年には、白豪主義政策がとられていて、アジア人にとって非常に住みにくい国でした。白豪主義政策が完全に撤廃されたのは1973年です。白豪主義政策の真っただ中に来豪した高須賀家の人々は、偏見と差別のために悔しい思いをすることも多かったと思われます。豪州の日本人移民の研究者の永田由利子博士の話では、彼女のオーストラリア人の夫君は、イチコの孫のマレー・ワッターズ氏の教え子だったそうで、夫君はマレーさんの母親を中国人だとずっと信じていたので、由利子さんから日本人だったと教えられて非常に驚いたということです。マレーさんが、「中国人だと思う人には中国人と思わせておけばいいんだよ」と淡々と私に話してくださったことを思い出しました。マレーさんの話から憶測するに、母親の愛子さんは、日本人だということをかくしたがっていたように思われます。第二次世界大戦中、日本軍がオーストラリア人の戦争捕虜を虐待したと言うので、戦後は反日感情の機運が高かったことをかんがみれば、無理のないことだと思います。

戦争中高須賀昇と同じ収容所に入れられた長谷川節太郎には息子が3人いたそうですが、日本の姓を使い続けたのは長男だけ。次男は戦時中に、三男は1956年にアングロサクソン系だった母親の実家の姓、コール（Cole）に改名したということを、長男の孫にあたるアンドルー・ハセガワ氏から聞いたことがあります。勿論日本人だと分かるといじめの対象になるからです。また愛子さんの義兄が、弟が日本人と結婚したことに憤慨して絶縁したということは、本文でも書きましたが、ノーナさんの話では、最近そのおじさんの子供から連絡があり、親戚づきあいが再開したという嬉しいニュースも聞きました。

アジア人にとって住みにくい時代のオーストラリアに生きながら、人間としての誇りを持って生き、様々な形でオーストラリア社会に貢献した高須賀家の人々に敬意を表したいと思います。

久保田満里子

2016年

オーストラリア連邦、メルボルンにて

参考文献

D.C.S. Sissons (1980) "A Selector and his family" Hemisphere an Asian Australia Magazine Vo. 25 No. 3 pp.168-174

David Sissons (1998) "Selector and his family" オーストラリアの日本人一　一世紀をこえる日本人の足跡　全豪日本クラブ　pp.38-40

ギャリー・ルウイス「高須賀穣―オーストラリア米のパイオニア」

ギャリ―・ルウィス「高須賀イサブロー（ジョー）日本米のパイオニア」

Grace Willough (1993) Nyah District History "On 'this bend' of the river"

J. Edward Robertson: The Progress of Swan Hill and District. Introducing Ultima, Lake Boga, Nyah etc, A great Wheat, Wool and Dairying centre

Neville Meaney (2007) towards a new vision: Australia and Japan across time. University of New South Wales Press Ltd.

愛媛新聞　1993年11月9日　豪で米つくりの先覚者　高須賀穣さん「松山出身」功績たたえ映画に　現地で政策の動き　姉妹都市縁組　輸出PRも兼ね

愛媛新聞　1994年5月29日　高須賀穣の孫"里帰り"松山4人、縁者と感激の対面

愛媛新聞1994年5月31日　日豪交流の種育てよう　高須賀視察団　市役所で懇談　初の墓参りに孫ら感激

愛媛新聞　豪の作家・コンロンさん　先住民流で挑戦　豪州米の父高須賀穣（松山出身）描こう　穣の遠縁も制作に協力

田崎三郎（愛媛大学工学部教授）「オーストラリア米の父高須賀穣　ロマン胸に行動果断」愛媛新聞　1995年　1月27日

永田由利子 (1996) Unwanted Aliens 豪州日系人強制収容 University of Queensland Press

若槻礼次郎　2014年　明治・大正・昭和政界秘史（講談社学術文庫）

熊谷充晃　平成27年　教科書に載っていない明治の日本　　彩図社

柳田国男　2014年　明治大正史　世相編　新装版　　講談社学術文庫

ローレンス宮治常子 (1998) ばらとワトルと菊の花　－第一次世界大戦下の日豪協力関係　1914－1918　" オーストラリアの日本人一　一世紀をこえる日本人の足跡　全豪日本クラブ　pp.40 50

Focus Publishing Interactive 2007年「オーストラリアと日本　友好と繁栄」

Takasuka Day book（高須賀イチコの日誌）

April-December, 1933
January-December, 1934
January-December, 1935
January-July, 1936
January-December, 1944

インターネット検索

Australian Dictionary of Biography Takasuka, Jo (1985-1940) http://adb.anu.edu.au/biography/takasuka-jo-8741

Bendigonian (Bendigo, Vic: 1914-1918) Thursday 29 April 1915, page 31 "Successful Rice Culture in Northern Victoria " by L.M. Johns http://trove.nla.gov.au/newspaper/title/315

Celebrating a century of Australian rice and pioneer Jo Takasuka- ABC Rural www.abc.net.au/news/.../celebrating-a-century-of-australian-rice/566190

History Lives: Remembering Sho Takasuka/ Bendigo Advertiser http://www.bendigoadvertiser.com.au/story/2836626/history-lives-remembering-sho-takasuka/

Wikipedia: Parliament of Victoria https://en.wikipedia.org/wiki/Parliament_of_Victoria

Kerang New Times (Vic: 1901-1918), Tuesday 15 June, page 4 "Successful Rice Growing" nla.gov.au/nla.news-title297

Measuring worth-calculators （お金の価値換算） https://www.measuringworth.com/calculators.html

The Ballarat Star (Vic: 1865-1924), Thursday 1 April 1915, page 6, Swan Hill nla.gov.au/nla.news-title185

The Canberra Times (ACT: 1926-1995), Sunday 17 December 1995, page 4 "Rice exporters owe debt to Japanese visionary." nla.gov.au/nla.news-title11

日豪交流2006年 www.let.osaka-u.ac.jp/seiyousi/kobeya/AustraliaHistory/.../contents2.htm

「高須賀穣ものがたり」日豪を結ぶコメの懸け橋 http://www.sunricejapan.jp/takasuka.html

メルボルン＆タスマニアを基点とした日本語エコツアー、エコツーリズム講座 特集記事＆リポートーオーストラリアで最初の稲作事業に成功した

参考文献

日本人、高須賀穣　gogotours.com.au/article_004.html
高須賀穣：HTTP://JT1865.WPBLOG.JP/%E3%82
板垣退助：フリー百科事典『ウィキペディア（Wikipedia）
https://ja.wikipedia.org/wiki/板垣退助
考えRoo A Thinking Aussie's Japan 日本人移民、オーストラリアの米産業成功の父となる
http://kangaeroo.com/?s=%E6%97%A5%E6%9C%AC%E4%BA%BA%E7%A7%BB%E6%B0%91
日本の選挙：フリー百科事典『ウィキペディア（Wikipedia）
https://ja.wikipedia.org/wiki/%E6%97%A5%E6%9C%AC%E3%81%AE%E9%81%B8%E6%8C%99
共和演説事件　フリー百科事典ウィキペディア（Wikipedia）
https://ja.wikipedia.org/wiki/共和演説事件
大隈重信　フリー百科事典ウィキペディア（Wikipedia）
https://ja.wikipedia.org/wiki/大隈重信
立憲政友会　フリー百科事典ウィキペディア（Wikipedia）
https://ja.wikipedia.org/wiki/立憲政友会
憲政党　フリー百科事典ウィキペディア（Wikipedia）
https://ja.wikipedia.org/wiki/憲政党
別子銅山　フリー百科事典ウィキペディア（Wikipedia）
https://ja.wikipedia.org/wiki/別子銅山
日本の歴代内閣総理大臣　ストローワラの情報交差点
www.d4.dion.ne.jp/~warapon/archives/politics/prime-minister.htm
足尾銅山鉱毒事件　フリー百科事典ウィキペディア（Wikipedia）
https://ja.wikipedia.org/wiki/足尾鉱毒事件
田中正造　フリー百科事典ウィキペディア（Wikipedia）
https://ja.wikipedia.org/wiki/田中正造
黒住教　http://kurozumikyo.com
長寿社会　日本人の寿命と高齢化の状況
http://www.geocities.jp/yasuragigogo/nagaiki3.htm
豪州、日本人の足跡年表　http://www.ozomail.com.au/~camellia/JCA.htm
Fahrenheit to Celsius Converter-Rapidtables.com
www.rapidtables.com › Conversion › Temperature

Mario Takasuka - Australia, Electoral Rolls, 1903-1980
http://search.ancestry.com.au/cgi- bin/sse.dll?&gsfn=Mario&gsln=Takasuka&db=auselectoralrolls&&gss=SEO&hc=20
ノーエ節の楽譜や歌詞とMIDIあ歌声入りmp3　と試聴とダウンロード
http://www.asahi-net.or.jp/~HB9T-KTD/music/Japan/Studio/Midi/Traditional/noue.html
甲状腺腫　https://welq.jp/2699
Rabbits in Australia, Wikipedia　wikipedia.org/wiki/Rabbits_in_Australia
コトバンク　兆殿司
https://kotobank.jp/word/%E5%85%86%E6%AE%BF%E5%8F%B8-18949

Appendix (This is a rough translation of the scene just before Ichiko passed away)

As Ichiko's condition deteriorated, all the members of her family gathered around her bed.

Ichiko looked at their faces one by one as she faded in and out of consciousness. They appeared blurred, as if she was seeing them through steamed glass.

To the left was the eldest son, Sho. Next to him was her daughter, Aiko, and Aiko's husband, Abraham. Behind them were Aiko's children, Murray, Henry, Nona and Frank. At the far right, she could see the second son, Mario, and his wife, Myra. The family gazed at her anxiously.

'I do not blame them for being anxious. I know my death is approaching,' Ichiko murmured to herself.

When Ichiko closed her eyes, scenes from her life came and went like a phantasmagoria in her mind. In this dream-like state, she found herself talking to her late husband, Jo Takasuka, about their life together.

> *I remember the day I saw you for the first time at our arranged marriage meeting. It was 1898, and you were 33 years old and I was 23 years old. You were a member of the House of Representatives, elected from Matsuyama District. At the meeting, you passionately talked about your policies as if you were making a political speech: you were opposed to Besshi copper mining, in favour of free compulsory education, and supported a decrease in the tax on medicine. I could feel your passion as you talked, as if you were spitting out your words. I married you because I was moved by your passion for improving society. Soon after our meeting, the parliament was dissolved unexpectedly, so our wedding was held in the middle of the election campaign and we did not even have time to enjoy our honeymoon. However, your devotion was rewarded and you were successfully re-elected, so we left Matsuyama and went to Tokyo.*

When Sho was born, you really looked happy and you greeted Sho by saying, 'I am your papa.' It was unusual to call a father 'Papa' in the Meiji Era in Japan. You received a Bachelor of Arts degree from Westminster College in the USA, and you liked using English so you taught Sho to call you 'Papa' and me 'Mama'.

When Sho was 3 years old, Aiko was born. One year before her birth, the Parliament was dissolved. You decided not to stand as a candidate for another election because we did not have enough funding for the campaign. You were still considering your next move when Aiko was born. It might be because of the timing, but you did not show as much interest in the arrival of Aiko as you did when Sho was born.

When you suddenly told me that you wanted to start a business in Melbourne, I was astonished. Not many people went overseas at that time, and those who did could not easily return. Moreover, you could speak English, but I had never learnt English at all. I was extremely anxious about the move, but my mother taught me that a woman should obey her husband so I followed you to Melbourne. I still remember the day I arrived after a one-month voyage. I felt as though I had come to a country of giants. I was a small woman whose height was less than 150 cm, and you were also small even by Japanese standards. When I walked in the city, I had a strange feeling that I was walking among tall trees. It was 1905.

You opened a company called Takasuka, Dight and Company on Queen Street in the city, but the business did not go well. At that time, you were asked to teach Japanese at Stott and Hoare's Business College. I later found out that you were the first Japanese person to teach Japanese in a classroom situation in Australia.

The first year passed quickly, but just as I was getting used to our new life we received a deportation order from the Immigration Department. In those days, Australia's immigration laws, which became known as the 'White Australia

Policy', were designed to prevent Asians and other non-Europeans migrating to Australia. However, you managed to obtain a one-year extension for us. You then persuaded the Premier to lease you a piece of crown land in Swan Hill. You were told that we could get a perpetual lease of the land from the government in Tyntynder West if you succeeded in growing rice there. You asked your father to send you rice seeds and devoted yourself to this experiment. In the first year the rice was eaten by sheep, and in the second year the crops failed because of the drought. In the following year flood destroyed the crops. One year after another you faced failure. Mario was born during this struggle. It was the hardest time for us. Six years passed before you finally succeeded in growing rice. How happy we were when we harvested the crop. Your success was even reported in The Age.

There were other joys we had together. One of them was when Aiko became the first Dux of Swan Hill Higher Elementary School. Another was when Sho won a tennis tournament. Sho was good at all kinds of sport – football, tennis, and swimming. He once bravely rescued a boy who was drowning.

There was sadness too. As we were poor, Sho gave up school in order to send Aiko to high school. Sho earned money by helping at our neighbour's farm and he gave me some of the money for Aiko's schooling.

After successfully harvesting rice, you decided to build a levee bank in order to prevent flood damage in the future. It took four years to complete the levee bank and sow the rice. However, the seeds never grew because they had been stored in a shed for four years and they were too old. We were destitute then, so you fished Murray cod from the Murray River, and sent them to Melbourne to be sold.

Rice growing was not the only thing you battled. You tried to obtain permanent residency and finally this was granted in 1924, nearly 20 years after our arrival in Australia.

After graduating from teacher's college, Aiko taught at a primary school. She married Abraham Watters when she was 29 years old. One sad thing about Aiko's marriage is that Abraham's brother, Bernie, left Swan Hill because he could not accept the fact that Abraham had married an Asian woman.

The year after Aiko got married, you gave up rice farming and we left Nyah and moved to Huntley. On the day we left, all the Nyah townsfolk turned up to say goodbye.

In Huntley, you experimented with planting bamboo and tomatoes. Your inquisitiveness never faded. When you decided to retire, you asked Sho to take over farming. You were already 69 years old at that time. Sho and Mario devoted themselves to growing tomatoes and made a success of it.

When you received the news of your beloved stepmother's death, you decided to return to Japan. You asked me to go back with you, but I said no. I was not keen on another adventure and I did not want to leave my children. It was the first time I ever went against your wishes. So you went back to Japan by yourself to establish a new business, but you died of a heart attack less than a year after your arrival in Japan. Your death left a black hole in my heart.

Soon after you passed away, the Second World War broke out. Mario applied to join the Australian Imperial Force. After two unsuccessful applications, he was finally accepted and was sent to fight in Europe. Sho was interned at a Tatura camp as an enemy citizen.

I felt lonely living by myself, but my neighbours, Sho's friends and members of my church all came to help me. Sho's friends took turns to look after his tomato plants while he was detained. They petitioned for Sho's early release and their efforts were rewarded when he was allowed to come home after spending only six months in Tatura. To my great relief, Mario came back safely from the war.

I was so lucky to have a wonderful family and good friends. I encountered many hardships in my life but, thanks to God, I had many happy moments too. At 80 years old, I have no regrets.

Ichiko felt that her body was falling into a tunnel and she was surrounded by dazzling bright light. She felt at peace. 'Good bye Sho, Aiko,and Mario,' she whispered. 'I am going to join your father, so please do not cry for me.'

Sho and the others could not hear what Ichiko said. However, when the doctor announced her death, they looked at the peaceful expression on her face and felt that she was even smiling.

豪州米作の祖の妻 高須賀イチコの物語

2016年10月10日　初版第1刷発行

著者　久保田 満里子

発行者　谷村 勇輔

発行所　ブイツーソリューション

〒466-0848 名古屋市昭和区長戸町 4-40

電話　052-799-7391

ＦＡＸ　052-799-7984

発売元　星雲社

〒112-0005 東京都文京区水道 1-3-30

電話　03-3868-3275

ＦＡＸ　03-3868-6588

印刷所　藤原印刷

万一、落丁乱丁のある場合は送料当社負担でお取替えいたします。

小社宛にお送りください。

定価はカバーに表示してあります。

ISBN 978-4-434-22251-1